CW01621939

I … LENT !

« PI … le de vie. »
Orl

« Il [Strelecky] a mis le doigt sur le pouls de l'univers. »
Gannett Media (USA TODAY...)

« Ce petit livre va SURPRENDRE et INSPIRER les lecteurs du monde entier. Cette fable sur les opportunités qui surgissent aux carrefours émotionnels de la vie regorge de messages importants et profonds sur l'existence. Je vous le recommande fortement. »
Bill Bridges, auteur de *Transitions and Managing transitions*

« Une histoire simple qui va TRANSFORMER non seulement votre vie, mais votre vision même de l'existence. »
Spirit Works Book Review

« *L'Alchimiste* du 21e siècle. »
RBA Libros, Espagne

« J'AI ADORÉ ! Je l'ai lu d'une traite, en un seul jour. J'AI ADORÉ ! *Le Café du bout du monde* vaut VRAIMENT la peine qu'on s'y arrête. »
Horizons Magazine

« ORIGINAL... INVENTIF... CAPTIVANT... UN LIVRE QUI CHANGE LA VIE. J'en ai commandé dix exemplaires supplémentaires avant même de l'avoir terminé ! »
Bill Guggenheim, auteur de *Hello from heaven !*

« Émouvant, encourageant, édifiant, pertinent… CE LIVRE DÉVOILE LES RÉPONSES AUX QUESTIONS ESSENTIELLES DE LA VIE. »
Lifestyle Magazine

« Un livre INSPIRANT ET PLEIN DE SAGESSE... les personnages sont extraordinaires. »
Nights and Weekends Book Review

« Un EXCELLENT LIVRE pour s'interroger sur le sens de sa vie et découvrir qui l'on est vraiment. »
Van K. Tharp, auteur du best-seller *Safe Strategies for Financial Freedom*

« Une fois que vous ouvrez ce livre, IL EST IMPOSSIBLE DE LE REFERMER ! »
Midwest Book Review

« CE LIVRE POSE DES QUESTIONS PROFONDES sur le but de la vie, et sur notre rôle en tant qu'individus. »
Publishers Weekly

Le café du bout du monde

Du même auteur, aux Éditions Leduc :

Retour au café du bout du monde, 2021.

REJOIGNEZ NOTRE COMMUNAUTÉ DE LECTEURS !

Inscrivez-vous à notre newsletter et recevez des informations sur nos parutions, nos événements, nos jeux-concours… et des cadeaux !

Rendez-vous ici : **bit.ly/newsletterleduc**
Retrouvez-nous sur notre site **www.editionsleduc.com**
et sur les réseaux sociaux.

Leduc s'engage pour une fabrication écoresponsable !

éditeur écoresponsable

« Des livres pour mieux vivre », c'est la devise de notre maison. Et vivre mieux, c'est vivre en impactant positivement le monde qui nous entoure ! C'est pourquoi nous avons fait le choix de l'écoresponsabilité. Pour en savoir plus, rendez-vous sur notre site.

John Strelecky

Le café du bout du monde

LE ROMAN INITIATIQUE pour trouver le sens à votre vie

LEDUC poche

Titre original : *The Why Café*
Édition originale anglaise :
© John P. Strelecky, 2003, 2006, 2011, pour le texte
Tous droits réservés.

© 2011, Aspen Light Publishing
© 2006, Da Capo Press edition
Première édition publiée en 2003 sous le titre
Why Are You Here Café

Édition française :
Traduction : Mahaut Vidal
Correction : Marie-Laure Deveau
Maquette : Patrick Leleux PAO
Design de couverture : Constance Clavel
Illustration de couverture : Shutterstock

© 2023 Leduc Éditions
10 place des Cinq-Martyrs-du-Lycée-Buffon
75015 Paris
ISBN : 979-10-285-2733-4
ISSN : 2427-7150

Pour Xin, l'âme sœur de tout ce que je fais
Pour Sophia, qui a fait sourire mon cœur
Et pour Casey, Mike et Anne

AVANT-PROPOS

C'est parfois lorsqu'on s'y attend le moins, et peut-être lorsqu'on en a le plus besoin que l'on se retrouve projeté dans un lieu inattendu, entouré d'inconnus, et qu'on apprend des choses nouvelles. Pour moi, cela s'est produit un soir, le long d'une route obscure et solitaire. Avec le recul, je réalise que cette situation symbolisait parfaitement l'existence que je menais à l'époque. J'étais aussi perdu dans la vie que sur cette route, ignorant à la fois ma destination et les raisons qui m'avaient poussé dans cette direction.

J'avais pris une semaine de vacances, avec l'intention de prendre un peu de distance par rapport à mon boulot. Mon travail n'était pas déplaisant, loin de là, même s'il avait évidemment des côtés frustrants. Non, le problème, c'était la question que je me posais presque quotidiennement : n'y a-t-il rien d'autre dans la vie que de passer dix à douze heures par jour à travailler dans le box d'un open space ? À part obtenir une éventuelle promotion, grâce à laquelle vous travaillerez douze à quatorze heures par jour dans un bureau ?

Le lycée m'avait préparé pour l'université, et l'université m'avait préparé pour le monde du travail. Ensuite, j'avais passé mon temps à gravir les échelons de l'entreprise qui m'employait. Aujourd'hui, je me demandais si les gens qui m'avaient poussé dans cette voie ne s'étaient pas simplement contentés de me répéter ce qu'on leur avait rabâché toute leur vie.

Leurs conseils n'étaient pas vraiment mauvais, mais ils n'étaient pas particulièrement épanouissants. J'avais l'impression de troquer ma vie contre de l'argent et d'y perdre au change. C'est dans cet état d'esprit embrouillé que j'ai découvert le Café du bout du monde.

Quand je raconte mon expérience, mes auditeurs la qualifient de « mystique » ou de « Quatrième Dimension », du nom de cette ancienne émission de télévision où des gens débarquaient dans des endroits qui s'avéraient bien plus mystérieux qu'ils n'en avaient l'air. J'en arrive parfois à douter de la réalité de ce que j'ai vécu, l'espace d'un instant. Dans ces moments-là, je vais ouvrir le tiroir de mon bureau, chez moi, et je relis l'inscription sur le menu offert par Casey. Cela me rappelle que tout ceci a réellement eu lieu.

Je n'ai jamais essayé de revenir sur mes pas, de retrouver le chemin qui mène à ce café. Malgré la réalité de cette soirée, une partie de moi préfère croire que si je retournais à l'endroit précis où je l'ai découvert, le café ne serait plus là, comme s'il n'avait existé que pour une seule et unique raison : parce que j'en avais besoin, cette nuit-là.

Il se peut que j'essaie d'y revenir un jour, à moins que je ne me retrouve un soir planté de nouveau devant sa porte. Dans ce cas, j'entrerai, et j'expliquerai à Casey, à Mike et à Anne, si elle est là, comment ma nuit dans ce café a transformé ma vie. Je leur dirai à quel point leurs questions ont été une source de réflexions et de découvertes, bien au-delà de tout ce que j'aurais pu imaginer.

Qui sait. Peut-être que je passerai la soirée à discuter avec quelqu'un qui aura perdu son chemin, quelqu'un qui aura pénétré par hasard dans le Café du bout du monde.

Ou peut-être que j'écrirai un livre pour raconter mon expérience, et que ce livre sera ma contribution à la raison d'être de ce café.

UN

Je me traînais sur l'autoroute, à une allure qui aurait rendu la marche à pied semblable à une course automobile. Après une heure à faire quasiment du surplace, la circulation s'était complètement interrompue. Je fis défiler les stations de radio, à la recherche d'une trace de vie intelligente. Rien.

Au bout de vingt minutes d'immobilité totale, les gens se mirent à sortir de leurs véhicules. Cela ne risquait pas de régler le problème, mais ça nous soulageait de pouvoir nous plaindre à d'autres, à l'extérieur de notre propre voiture.

Le propriétaire de la camionnette devant moi ne cessait de répéter que sa réservation serait annulée s'il ne rejoignait pas son hôtel avant dix-huit heures. La dame dans la décapotable sur ma gauche était au téléphone et se plaignait de l'inefficacité totale du système autoroutier dans son ensemble. Derrière moi, un car entier de jeunes joueurs de basket professionnels était en train de rendre leur monitrice complètement folle. J'entendais presque la pauvre femme se dire que c'était la dernière fois qu'elle se portait volontaire pour quoi que ce soit. Je n'étais finalement qu'un petit maillon pris dans une longue chaîne de mécontentement.

Enfin, après vingt-cinq minutes supplémentaires sans le moindre mouvement vers l'avant, une voiture de police s'approcha en roulant sur le terre-plein central herbeux. Elle s'arrêtait tous les cent mètres environ, probablement pour informer les gens de la situation.

« J'espère, pour son bien, que cette policière porte une tenue antiémeute », ai-je pensé.

Nous attendions tous notre tour avec impatience. Quand la policière arriva enfin à notre niveau, elle nous expliqua qu'un camion-citerne rempli de produits potentiellement toxiques s'était renversé à environ huit kilomètres devant nous. L'autoroute avait été fermée à la circulation. Nous avions le choix entre faire demi-tour pour tenter de trouver un autre chemin – même s'il n'y en avait pas vraiment – ou attendre que la route soit nettoyée, ce qui risquait de prendre une heure de plus.

Je regardai la policière poursuivre sa route vers le prochain groupe d'automobilistes désemparés. Quand le type à la camionnette répéta pour la énième fois qu'il s'inquiétait pour sa réservation de dix-huit heures, je décidai que ma patience avait atteint ses limites.

« Chaque fois que je pars en vacances, c'est la même chose », marmonnai-je entre mes dents.

J'expliquai à mes nouveaux amis – des amitiés fondées comme dans l'enfance sur la seule notion de proximité – que j'avais atteint les limites de ma frustration, et que j'allais essayer de trouver un autre chemin. Après une dernière remarque sur sa réservation de dix-huit heures, le type à la camionnette s'écarta pour me laisser passer, je franchis le terre-plein central, et je m'engageai dans une nouvelle direction.

DEUX

J'avais imprimé mon itinéraire sur Internet avant de partir. Sur le moment, cela m'avait semblé suprêmement intelligent. « Pas besoin de carte, je n'aurai qu'à suivre leurs indications, c'est tout simple », m'étais-je dit.

Mais l'itinéraire imprimé ne m'était plus d'aucune utilité à présent. J'allumai mon téléphone portable et j'appuyai sur l'icône de l'application « cartes ». L'écran afficha « système indisponible » à plusieurs reprises, et rien d'autre. Je regrettais amèrement l'atlas routier qui m'accompagne d'habitude dans tous mes voyages en voiture.

De plus en plus agacé, je pris en direction du sud, bien conscient qu'il aurait fallu que j'aille vers le nord. Cinq kilomètres, dix kilomètres, vingt, vingt-cinq kilomètres, et toujours pas de sortie.

« Et même si je trouve une sortie, quelle importance, puisque de toute façon je n'ai aucune idée de la route à prendre pour arriver là où je veux aller », dis-je à haute voix, preuve supplémentaire de la dégradation progressive de mon état d'esprit.

Enfin, au bout de vingt-huit kilomètres, une sortie fit son apparition.

« C'est quand même pas possible », marmonnai-je en m'engageant sur la bretelle de sortie. « Me voilà à la seule sortie d'autoroute au monde où l'on ne trouve ni station essence, ni fast-food, ni quoi que ce soit. » À ma gauche, il n'y avait strictement rien. À ma droite, le paysage était tout aussi désert.

« Bon, on dirait que toutes les directions se valent », me suis-je dit.

J'ai pris à droite en me faisant la réflexion que je me dirigeais à présent vers l'ouest, et qu'au prochain croisement un peu important il faudrait que je prenne de nouveau à droite. De cette façon, au moins, j'étais certain de revenir vers le nord. La route partait dans deux directions : l'une qui me ramenait vers mon point de départ, l'autre qui m'en éloignait. Je ne savais vraiment pas laquelle prendre. Il y avait très peu de circulation, et encore moins de traces de civilisation. J'apercevais parfois une maison, quelques exploitations familiales, puis rien que des bois et des prairies.

Une heure plus tard, j'étais officiellement perdu. Je n'avais croisé que de petites routes, signalées par le genre de panneau qui vous fait immédiatement savoir que vous êtes dans la mouise. Quand vous n'avez pas vu âme qui vive depuis quarante kilomètres et que vous roulez sur une route dont le nom commence par « Vieille », comme dans « Vieille route 65 », de toute évidence vous êtes assez mal parti.

Au croisement suivant, qui n'avait d'ailleurs pas meilleure mine que ceux que j'avais dépassés précédemment, je pris à droite par pur désespoir. J'ignorais totalement où j'étais, mais au moins, selon la boussole, j'allais dans la bonne direction. À mon grand désarroi, le nom de cette route commençait aussi par « Vieille ».

Il était presque huit heures du soir et le soleil disparaissait à l'horizon. La tombée du jour augmentait ma frustration.

« J'aurais mieux fait de rester sur l'autoroute », me suis-je dit, furieux. « Ça m'énervait d'attendre une heure, mais maintenant j'en ai perdu deux, et je n'ai toujours pas la moindre fichue idée d'où je suis. »

Je balançai un coup de poing dans le plafond de la voiture, comme si c'était sa faute, ou comme si ça pouvait améliorer la situation.

Dix, quinze, vingt kilomètres plus loin, toujours rien. Il me restait moins d'un demi-réservoir d'essence. Pour autant que j'en puisse juger, il ne m'était plus possible de faire demi-tour. Même si j'avais été capable de retrouver mon point de départ, je n'avais plus assez de carburant pour l'atteindre. Et repartir en arrière n'aurait servi à rien : je n'avais croisé absolument aucune station essence sur la route.

Je n'avais pas d'autre choix que d'aller péniblement de l'avant en espérant que je finirais par trouver de l'essence et de la nourriture. Mon degré de frustration augmentait à l'inverse du niveau d'essence de la voiture.

J'avais justement entamé ce voyage pour fuir les frustrations. J'en avais suffisamment chez moi entre le boulot, les factures et, à un certain niveau, la vie en général. Je n'étais pas parti en vacances pour être encore plus frustré. J'étais censé en profiter pour me détendre et « recharger mes batteries ».

« Quelle drôle d'expression », ai-je pensé. « Recharger mes batteries. Dépenser, recharger, dépenser, recharger... En quoi cela peut-il me faire avancer de manière positive ? »

Le soleil avait à présent complètement disparu derrière la cime des arbres, et le crépuscule tombait sur la campagne. Dans les nuages, des traces de rose et d'orangé reflétaient les derniers rayons du jour, mais je voyais à peine le ciel, focalisé sur la route et sur ma situation qui empirait. Il n'y avait toujours aucune trace de vie.

Je jetai un nouveau coup d'œil au niveau d'essence. « Aux trois quarts vide et ça ne risque pas de remonter », annonçai-je à haute voix.

Je n'avais pas dormi dans ma voiture depuis mon retour de l'université, des années plus tôt. Je n'avais absolument pas l'intention de renouveler l'expérience. Malheureusement, cette solution semblait de plus en plus probable.

« J'ai besoin de dormir, car il faudra que j'aie la force de marcher jusqu'à ce que je trouve de l'aide, quand je n'aurai plus d'essence », me suis-je dit.

TROIS

C'est quand l'aiguille de la jauge d'essence a commencé à passer sous la ligne rouge marquée d'un E que j'ai vu la lumière. Frappé par l'absurdité de ma situation, j'avais tourné à gauche quelques kilomètres plus tôt. Rien n'indiquait que cela augmenterait mes chances de trouver de l'aide, mais tant pis. Au moins le nom de cette route ne commençait-il pas par « Vieille », et à cet instant cela me paraissait une raison suffisante pour m'y engager.

« Un acte de pur désespoir qui pourrait s'avérer payant », ai-je commenté à haute voix.

En me rapprochant de la lumière, je me rendis compte que c'était celle d'un réverbère. Un réverbère blanc, solitaire, qui brillait de mille feux dans un coin tellement paumé que c'était vraiment le milieu du milieu de nulle part.

« Pourvu qu'il y ait quelque chose là-bas », me répétais-je comme un mantra en traversant les quatre cents mètres qui m'en séparaient. Et en effet, il y avait bien quelque chose.

Au niveau du réverbère, je me garai sur un parking empli de terre et de gravillons. À ma grande surprise, je découvris un petit bâtiment blanc et rectangulaire, avec sur le toit l'inscription « Le Café du bout du monde » écrite en lettres de néon bleu clair. Tout aussi surprenants étaient les trois autres véhicules garés sur le parking. « D'où qu'ils viennent, ce n'est pas du même endroit que moi », me dis-je, car je n'avais croisé personne depuis au moins une heure. « Tout n'est pas perdu. Contrairement à moi, ces gens sauront où nous sommes, et avec un peu de chance ils pourront m'indiquer comment diable en repartir. »

Je m'extirpai de la voiture en m'étirant plusieurs fois, les bras au-dessus de la tête pour me débarrasser des crampes. Puis je me dirigeai vers l'entrée. Le ciel était noir, à l'exception d'un large croissant de lune et de milliers d'étoiles. Quand je poussai la porte du café, des clochettes nouées à la poignée intérieure annoncèrent mon arrivée.

À ma grande surprise, une vague d'odeurs appétissantes me submergea. Je n'avais pas réalisé à quel point j'avais faim. Je n'arrivais pas à identifier précisément ce qui composait cet arôme, mais peu importe : j'avais bien l'intention d'en commander trois portions.

QUATRE

À l'intérieur, l'ambiance évoquait celle d'un restaurant rétro. Des tabourets de bar chromés revêtus de vinyle rouge s'alignaient le long d'un comptoir étroit et blanc. Une rangée de banquettes rouges, séparées par des tables, faisait face à la vitrine principale. Sur chaque table étaient disposés un sucrier en verre, un petit pichet argenté qui contenait probablement le lait pour le café, une salière et une poivrière assorties.

Une vieille caisse enregistreuse trônait sur le comptoir près de l'entrée, à côté d'un portemanteau en bois. L'endroit était confortable, le genre de café où l'on passerait volontiers des heures à discuter entre amis. Hélas, je n'en avais emporté aucun avec moi.

Une serveuse discutait avec un couple assis sur une banquette à l'autre bout de la salle. Elle interrompit sa conversation pour me dire en souriant : « Placement libre, garez-vous où vous voulez. »

Je fis de mon mieux pour réprimer les frustrations accumulées depuis quatre heures et je tentai de lui rendre son sourire. Je choisis une banquette près de l'entrée. En me glissant sur le siège en vinyle rouge, je remarquai qu'il avait l'air flambant neuf. J'examinai le décor, surpris de constater à quel point tout semblait récent.

« Le propriétaire s'attend probablement à une vaste expansion urbaine pour avoir construit un café tout neuf au beau milieu de nulle part », me suis-je dit.

Un « Bonjour » est venu interrompre le cours de mes réflexions profondes sur la baisse des prix dans l'immobilier et le développement des quartiers résidentiels. C'était la serveuse.

« Je m'appelle Casey. Comment allez-vous ?

— Bonjour Casey. Moi c'est John, et je suis un peu perdu.

— Oui, je vois ça », rétorqua-t-elle avec un sourire malicieux.

À sa façon de répondre, il m'était impossible de deviner si elle confirmait que j'étais perdu, ou si elle savait déjà que je m'appelais John.

« Pourquoi êtes-vous ici, John ? demanda-t-elle.

— Eh bien, il y avait des problèmes sur la route, et en essayant de les contourner, j'ai fini par me perdre. À la suite de quoi je me suis retrouvé quasiment à court d'essence et j'ai failli mourir de faim. »

Devant cette tirade emplie de frustration, le sourire malicieux de Casey réapparut.

« Vous savez quoi ? Je pense que vous serez à l'abri de la famine, ici. Pour le reste, on va voir ce qu'on peut faire. »

Elle s'empara d'un menu sur le présentoir de l'entrée et me le tendit. Était-ce un effet de la lumière, ou la fatigue d'avoir conduit si longtemps ? J'aurais juré que les lettres sur la couverture du menu s'étaient effacées avant de réapparaître, durant le court instant où elle me l'avait tendu. « Je dois être vraiment fatigué », me suis-je dit en posant le menu sur la table.

Casey sortit un petit carnet de commandes de sa poche. « Vous voulez boire quelque chose en consultant le menu ? » demanda-t-elle. Je commandai un verre d'eau avec du citron et elle partit me le chercher.

Cette journée s'avérait bien plus compliquée que prévue. J'avais conduit des heures au milieu de nulle part pour me retrouver là, dans ce café au bord de rien, avec une serveuse qui me souriait d'un air espiègle. Je pris le menu sur la table et j'examinai la couverture.

Bienvenue au Café du bout du monde, ai-je pu lire en haut de la page. En dessous, en petits caractères noirs, il était écrit : *Avant de passer commande, merci de consulter le personnel pour définir le sens de votre passage chez nous.*

« J'espère que le sens de mon passage ici est de manger quelque chose de bon », pensai-je en ouvrant le menu.

J'y trouvai un assortiment classique de plats de café. Les petits déjeuners étaient listés en haut à gauche, les sandwiches en bas à gauche ; les apéritifs et les salades en haut à droite, avec les entrées en dessous. La surprise est venue lorsque je retournai le menu. Au dos, trois questions s'alignaient sous le titre : *Sujets de réflexion en attendant.*

Pourquoi êtes-vous ici ?

Avez-vous peur de la mort ?

Êtes-vous pleinement épanoui ?

« C'est autre chose que de feuilleter la page sportive du journal local », me suis-je dit. Je m'apprêtais à relire les trois questions quand Casey est revenue avec mon verre d'eau.

« Vous trouvez tout ce que vous voulez ? » me demanda-t-elle.

Je retournai le menu pour lui montrer le nom du café sur la couverture.

« Qu'est-ce que ça veut dire ?

— Oh, ça. Tout le monde semble en avoir sa propre interprétation, répondit-elle. En fait, la plupart d'entre nous l'appellent *Le Café des questions* pour aller plus vite. Et maintenant, qu'est-ce qui vous ferait plaisir ? »

Je n'étais pas prêt à passer commande. J'avais plutôt envie de remettre ma veste et de partir, et en tout cas, je n'avais pas encore fait mon choix. Cet endroit avait une ambiance vraiment spéciale, et je n'étais pas sûr que ce soit une bonne chose.

« Désolé, Casey, j'ai besoin d'un peu plus de temps.

— Pas de problème, répondit-elle. Prenez votre temps, je reviendrai vous voir dans quelques minutes. Et puis John, ajouta-t-elle avec un sourire, ne vous inquiétez pas. Vous êtes entre de bonnes mains ici. »

CINQ

Je regardai Casey se diriger vers le couple assis à l'autre bout du café et entamer une discussion avec eux. Je ne sais pas sur quoi portait leur conversation, mais elle ne devait pas être désagréable, car ils riaient et souriaient tous ensemble.

« Ce café n'est peut-être pas si mal, finalement, ai-je pensé. Et si je commandais la même chose qu'eux ? »

Je reportai mon attention sur le menu, en me faisant la réflexion que c'était encore ce que j'avais de mieux à faire. Je n'avais presque plus d'essence, il n'y avait probablement rien à manger dans un rayon de deux cents kilomètres à la ronde, et même si cet endroit avait l'air un peu bizarre, il ne s'était encore rien passé de spécial.

Mes craintes s'apaisèrent un peu. Casey partit en direction de la cuisine et quand je la vis repasser devant moi avec deux parts de tarte fraise-rhubarbe, toute inquiétude s'envola. J'adorais la tarte fraise-rhubarbe. Cela faisait des siècles que je n'en avais pas mangé. J'ai vu ça comme un signe, le signe que je ferais bien de rester là encore un petit moment.

À part les questions bizarres, le menu avait l'air appétissant. Je me suis décidé pour un petit déjeuner, même si l'heure du petit déjeuner était passée depuis longtemps. Casey discutait toujours avec le couple, je reportai donc mon attention sur le dos du menu.

Pourquoi êtes-vous ici ?

Quelle étrange question à poser aux clients d'un restaurant. Les restaurateurs savent bien pourquoi les gens visitent leur établissement, normalement. Les clients aussi savent ce qu'ils viennent y faire, non ? Je n'étais pas certain d'avoir compris la question.

Pourquoi êtes-vous ici ?

Le retour de Casey interrompit le fil de mes pensées.

« Vous avez choisi ? » demanda-t-elle.

J'allais répondre par l'affirmative, et puis je repensai à la phrase inscrite sur le menu, celle qui conseillait de consulter le personnel avant de commander.

« Je crois que oui », ai-je répondu avant de pointer le message du doigt. « Qu'est-ce qu'il faut que je vous demande, exactement ?

— Oh, ça », répondit-elle avant de sourire de nouveau.

Je commençais vraiment à apprécier ses sourires.

« Au fil du temps, nous avons remarqué que les gens se sentent souvent différents après leur passage ici. Alors depuis, nous essayons de leur faciliter l'expérience du *Pourquoi êtes-vous ici ?* Nous tentons de leur expliquer ce à quoi ils doivent s'attendre, au cas où ils ne seraient pas tout à fait prêts pour l'expérience qu'ils vont vivre. »

Je ne comprenais plus rien. Parlait-elle de la nourriture, du café, ou d'autre chose encore ?

« Si vous voulez, dit-elle, je peux transmettre votre commande au cuisinier et lui demander son opinion.

— D'accord, pourquoi pas, ai-je répondu, de plus en plus perplexe. Je vais prendre une formule petit déjeuner. Je sais que ce n'est plus l'heure du petit déjeuner, est-ce qu'il est encore possible d'en commander un ?

— C'est ce dont vous avez envie ? demanda-t-elle.

— Oui.

— Alors je suis certaine qu'il n'y aura aucun problème. On est plus proches du petit déjeuner de demain matin que du déjeuner d'aujourd'hui, en fait. »

Je jetai un coup d'œil à ma montre. Il était 22 h 30. « C'est une façon intéressante de voir les choses », ai-je fait remarquer.

Casey sourit. « Ça aide, parfois, de voir les choses d'un autre point de vue. »

Elle nota ma commande et s'éloigna. Je la regardai partir vers la cuisine et réalisai qu'elle avait laissé le menu sur la table.

SIX

En regardant Casey s'approcher du passe-plat pour transmettre ma commande, je réalisai pour la première fois qu'il y avait un homme dans la cuisine. Il tenait une cuiller en bois à la main et, de toute évidence, c'était lui le cuisinier. Casey lui dit quelques mots, il tourna les yeux vers moi et il vit que je l'observais. Il me sourit en me faisant un signe de la main.

Je le saluai à mon tour, mais je me sentais un peu ridicule. Je n'ai pas pour habitude de faire de grands signes aux cuisiniers quand je vais au café. Casey parla quelques minutes avec lui, puis elle accrocha ma commande sur un petit présentoir tournant et elle repartit vers ma table. L'homme fit tourner le présentoir jusqu'à ce que le ticket soit devant lui ; il le contempla un instant, avant de l'emporter dans la cuisine.

Je reportai mon attention sur le dos du menu. Tandis que je relisais la première question – Pourquoi êtes-vous ici ? – Casey revint et s'assit sur la banquette en face de moi.

« C'est Mike, dit-elle. Le café lui appartient, et c'est lui qui fait la cuisine. Il dit qu'il viendra faire votre connaissance dès qu'il aura un moment. Je lui ai parlé de votre commande. Il pense que ça va faire beaucoup, mais que vous devriez y arriver.

— Ça, c'est du service.

— C'est aussi notre avis, répondit-elle en souriant. Pour en revenir à ceci – elle montrait du doigt la phrase sur les conseils à demander au personnel – cela renvoie à la question que vous n'arrêtez pas de relire au dos du menu. »

Je me suis demandé comment elle savait que j'avais relu la question, mais je n'ai rien dit.

« Voyez-vous, dit-elle, c'est une chose que de contempler cette question. C'en est une autre que de la transformer.

— Qu'est-ce que vous voulez dire ?

— Ça peut sembler simple et sans conséquence, mais si vous modifiez ne serait-ce que quelques lettres de la question, cela change les choses, a-t-elle répondu.

Je l'ai dévisagée, perplexe.

— Cela change les choses ? Quel genre de choses ? Je n'aurai plus le droit de manger ici ? Je devrai commander autre chose ?

— Non, des changements plus importants », précisa-t-elle, soudain sérieuse.

Je ne voyais vraiment pas ce dont elle voulait parler, mais de toute évidence elle ne plaisantait pas.

« Je ne suis pas certain de bien comprendre. »

Casey indiqua une nouvelle fois le menu.

« Si vous modifiez ces termes de manière à vous poser la question à vous-même plutôt qu'à quelqu'un d'autre – vous ne serez plus jamais le même. »

J'étais stupéfait. Plus jamais le même ? Qu'est-ce que ça voulait dire ? J'eus soudain l'impression de me tenir au bord d'une très haute falaise. Je ne comprenais pas bien ce que Casey m'expliquait : un pas en avant allait-il me précipiter vers la mort, ou vers le bonheur éternel ? En souriant, elle me dit : « C'est à peu près ça, en moins radical. »

Avant que je ne puisse demander comment elle savait ce que j'étais en train de penser, elle avait repris la parole.

« Laissez-moi vous montrer, sans que vous ayez besoin de faire un pas en avant. Lisez la première question du menu, mais lisez-la d'une manière détachée, comme si c'était un panneau indicateur devant lequel vous passiez. »

Je jetai un bref regard au menu. Étonné, je constatai que la question n'était plus *Pourquoi êtes-vous ici ?*

À présent, c'était *Pourquoi suis-je ici ?*

Dès que j'eus fini de la lire, la question est redevenue *Pourquoi êtes-vous ici ?*

« Qu'est-ce qui s'est passé ? me suis-je exclamé. Est-ce que le menu a vraiment changé ? Comment avez-vous fait ?

— Je crois que vous n'êtes pas prêt pour la réponse, John.

— Qu'est-ce que vous voulez dire ? Comment avez-vous fait, comment avez-vous réussi à modifier le menu ? »

Je ne comprenais rien à ce qui se passait, et je n'avais pas forcément envie de rester pour découvrir l'explication. Une fois de plus, Casey capta mon attention en me posant une question.

« John, avez-vous remarqué que le texte du menu changeait ?

— Évidemment. La première fois, il disait une chose, la seconde une autre. Pourquoi ? Et comment est-ce possible ? »

Casey retourna le menu du côté de la couverture et pointa du doigt le message *« Avant de commander... »*.

« Je vais vous expliquer, John, a-t-elle commencé. La question que vous avez lue, celle qui était différente...

— Celle qui disait *Pourquoi suis-je ici ?* ai-je interrompu.

— Oui, celle-là. Ce n'est pas une question à prendre à la légère. Y jeter un œil est une chose. Mais si vous faites plus qu'y jeter un œil, si vous la considérez sérieusement, si vous vous posez vraiment la question – alors votre monde change. Je sais que ça a l'air radical, et c'est la raison pour laquelle nous avons imprimé ce message sur la couverture du menu. »

SEPT

J'étais anéanti par l'absurdité de ma situation. Je me retrouvais en pleine nuit, dans ce café au milieu de nulle part, à écouter des histoires de messages inscrits sur des couvertures de menus pour aider les clients à gérer le fait que leurs *mondes puissent changer.*

Comme premier jour de vacances, c'était original. Et j'étais loin de savoir que ce n'était qu'un début...

Casey me dévisagea.

« Voyez-vous, John, une fois que vous vous posez franchement la question que vous avez aperçue, chercher la réponse finit par faire partie intégrante de votre vie. Vous y pensez le matin en vous réveillant, cela vous traverse sans cesse l'esprit pendant la journée, et vous en rêvez la nuit, même si vous ne vous en souvenez pas. C'est un peu comme un passage, une porte à franchir. Une fois que vous l'avez ouverte, elle vous attire. Et il est très difficile de la refermer. »

Je commençais à réaliser que le *Pourquoi êtes-vous ici ?* du menu avait un sens bien plus profond que ce que j'avais imaginé à première vue. À entendre Casey, il était clair qu'il ne s'agissait pas simplement de savoir pourquoi quelqu'un entrait dans ce café.

« C'est exact, dit Casey, interrompant ma réflexion. Il ne s'agit pas du café. Il s'agit de trouver la raison même de notre existence. »

Je me redressai sur ma banquette et je regardai autour de moi, un peu ahuri. Je me demandais vraiment où j'étais.

J'essayai de rassembler mes esprits.

« Écoutez, Casey, je suis juste venu pour manger. Toutes ces histoires de porte me semblent de bien mauvais augure. Et si cela doit me traverser l'esprit toute la journée, comme vous dites, je ne vois pas l'utilité de se poser cette question. Je ne me la suis jamais posée et je vais bien, merci. »

Casey remit le menu sur la table. « Vraiment ? demanda-t-elle. Vous allez *bien* ? » Elle prononçait ce *bien* d'un ton gentiment moqueur, comme pour me taquiner, et pour m'encourager à en préciser le sens.

« Il y a plein de gens qui vont *bien*. Mais certains cherchent quelque chose de plus épanouissant que *bien*, quelque chose de plus fort.

— Et c'est pour ça qu'ils viennent au Café du bout du monde ? l'ai-je interrogée en prenant un ton sarcastique.

— Certains, oui, répondit-elle d'une voix calme et posée. Est-ce pour cela que vous êtes ici ? »

Sa question me fit perdre tous mes moyens. Je ne savais pas quoi répondre, je ne voyais pas bien ce que je fabriquais là, d'ailleurs. Je n'étais même pas sûr de ce qu'était cet endroit.

Si j'avais vraiment été honnête avec moi-même, j'aurais admis que je me demandais depuis des années s'il n'y avait pas autre chose dans l'existence. Ma vie n'était pas désagréable, loin de là. Évidemment qu'il y avait parfois des frustrations, surtout ces temps-ci, mais j'avais un emploi sérieux et de bons amis. Je n'étais pas à plaindre, j'avais plutôt une bonne vie. Mais il y avait toujours cette arrière-pensée, ce sentiment que j'avais du mal à définir.

« C'est ce sentiment qui pousse les gens à poser la question que vous avez aperçue », dit Casey.

J'étais sidéré. Non seulement parce qu'une fois de plus elle semblait avoir lu dans mes pensées, ce qui était déjà passablement déconcertant. Non, ce qui me choquait, c'était de réaliser qu'elle avait probablement raison. Je pris une longue inspiration. J'avais de nouveau l'impression de me retrouver tout au bord d'une falaise. Je fis un demi-pas en avant.

« Casey, pourriez-vous m'en dire plus sur cette question ? »

Elle hocha la tête.

« Comme je vous le disais, John, se poser la question ouvre une porte, un passage. Votre esprit ou votre âme, comme vous préférez l'appeler, va se mettre en quête de la réponse. La question va rester au premier plan de votre existence jusqu'à ce que vous ayez trouvé cette réponse.

— Êtes-vous en train de me dire qu'une fois qu'on s'est posé la question *Pourquoi suis-je ici ?* il devient impossible de l'ignorer ? ai-je demandé.

— Non, ce n'est pas ça. Certaines personnes y jettent un coup d'œil, certains même y pensent sérieusement, puis l'oublient. Mais pour ceux qui se posent vraiment la question et qui, à un certain niveau, souhaitent réellement connaître la réponse, il devient très difficile de ne plus y penser.

— Que se passe-t-il quand quelqu'un se pose la question et qu'il trouve la réponse ? demandai-je.

— Eh bien, c'est à la fois une bonne nouvelle et le début d'un nouveau challenge, répondit

Casey avec un sourire. Comme je vous le disais, poser la question crée le désir de chercher la réponse. Une fois la réponse trouvée, une force se déclenche, tout aussi puissante. Car une fois que l'on sait pourquoi on est là, pourquoi on existe, une fois que nous connaissons notre raison d'être en vie, nous cherchons à accomplir notre destinée. C'est comme de trouver la croix sur une carte au trésor. Une fois qu'on l'a découverte, l'envie de partir à la chasse au trésor est irrésistible. Dans notre cas, lorsque quelqu'un trouve la raison de sa présence sur terre, il devient émotionnellement, voire physiquement difficile pour lui de ne pas agir en conséquence. »

Je me renfonçai dans mon siège en essayant d'intégrer tout ce que Casey était en train de m'expliquer.

« Mais du coup, cela peut aussi rendre les choses plus difficiles, lui ai-je fait remarquer. Comme je vous le disais tout à l'heure, mieux vaut peut-être ne jamais se poser la question, et reprendre le cours de sa vie sans laisser le génie s'échapper de la lampe, pour ainsi dire. »

Casey me regarda.

« Certaines personnes choisissent cette solution, en effet. C'est une décision que chacun doit prendre individuellement, une étape que l'on franchit ou pas. »

Je ne savais pas trop quoi dire, ni quoi faire. Je me suis rappelé mon soulagement quelques heures plus tôt, en apercevant de la lumière alors que j'étais perdu, et un rire nerveux m'échappa. En réalité, à présent je ne savais plus quoi penser.

« Tout ceci est un peu perturbant, ai-je déclaré.

— J'espère que c'est plus stimulant que perturbant, répondit Casey. C'est comme ce sentiment dont vous avez parlé : personne ne peut le déclencher à votre place, personne ne peut vous l'imposer. Et si vous finissez par décider de l'ignorer, c'est votre choix, à vous et à vous seul. »

Sur ces mots, elle se leva de table.

« En parlant de choix, je vais aller voir comment se porte votre petit déjeuner. »

J'avais complètement oublié le repas que j'avais commandé. Maintenant qu'elle m'y faisait penser, je réalisais lentement que j'étais toujours dans un café, et que je mourais de faim.

HUIT

J'en avais le tournis. Baissant les yeux vers le menu, je relus la première question.

Pourquoi êtes-vous ici ?

Par rapport à la première fois où je l'avais lue, le sens n'en était plus le même. J'essayais de me rappeler les mots exacts employés par Casey... « *Il s'agit de trouver la raison même de notre existence.* »

Sans savoir pourquoi, je sentais que quelque chose me poussait à me poser la question aperçue sur le menu en discutant avec Casey. Elle était restée dans ma mémoire :

Pourquoi suis-je ici ?

Je me souvenais aussi que Casey m'avait prévenu : se poser cette question sérieusement n'était pas sans conséquence.

« C'est dingue, ai-je pensé en me frottant les yeux. Tout ce que je voulais, c'était manger, prendre de l'essence et trouver un endroit où me poser quelques heures. Qu'est-ce qui me prend de penser à tous ces trucs ? »

J'avalai la moitié de mon verre d'eau. Quand je le reposai sur la table, Mike se tenait à côté de moi, une carafe à la main.

« Je vous ressers ? demanda-t-il. Vous avez l'air de mourir de soif. »

J'acceptai son offre et il remplit mon verre d'eau claire.

« Je m'appelle Mike », a-t-il annoncé.

Je me suis levé, et nous nous sommes serré la main.

« Enchanté, Mike. Moi c'est John.

— Tout va bien, John ? Vous aviez l'air plongé dans vos pensées quand je suis arrivé.

— Oui, un peu, ai-je répondu en me rasseyant. Casey m'a expliqué ce que signifie le texte imprimé sur le menu. Je suis encore en train d'y réfléchir, j'essaie de déterminer si cela peut avoir un sens pour moi. »

En terminant ma phrase, je réalisai que Mike ignorait probablement ce dont j'avais parlé avec Casey. Certes, c'était lui le propriétaire, mais peut-être était-ce Casey qui était à l'origine des questions du menu et du texte sur la couverture. Cependant, Mike n'eut pas une seconde d'hésitation.

« Oui, ce n'est pas une question facile. Les gens ne s'y confrontent pas tous au même moment. Certains trouvent la réponse alors qu'ils sont encore enfants, d'autres un peu plus tard, certains ne la découvrent jamais. C'est comme ça. »

Puisque Mike avait l'air de connaître le sujet de mes conversations avec Casey, je me décidai à lui poser la question qui me trottait dans la tête.

« Mike, Casey m'a parlé des conséquences qu'il peut y avoir lorsqu'on se pose cette question d'un point de vue personnel, ai-je expliqué en montrant le menu. Mais je me demande ce qui se passe, après ? »

Mike jeta un coup d'œil au menu.

« Vous voulez dire après s'être posé la question, ou après avoir trouvé la réponse ? »

Je pris quelques secondes pour réfléchir à ce qu'il venait de dire.

« Les deux, je crois. Nous n'avons pas abordé la manière dont on trouve la réponse en détail, ni ce qu'on fait une fois qu'on la connaît. Elle a juste évoqué brièvement ce qu'il se passe une fois qu'on l'a trouvée.

— Eh bien, pour ce qui est de trouver la réponse, je ne pense pas qu'il y ait une méthode unique qui fonctionnerait pour tout le monde, car nous avons chacun notre propre manière d'aborder la vie. Je peux néanmoins vous parler des techniques que certaines de mes connaissances ont employées pour trouver leur réponse. »

J'allais lui répondre mais, au dernier moment, je me suis retenu. Je voulais réfléchir encore un instant. Quelque chose me disait qu'une fois qu'on savait comment trouver la réponse, il devenait terriblement tentant de se poser la question.

« Oui, c'est vrai, dit Mike. C'est la même théorie que celle que Casey vous a sans doute expliquée. »

Je n'étais pas tellement surpris de constater que lui aussi semblait capable de deviner mes pensées avant que je n'aie ouvert la bouche.

Et je n'étais pas certain d'avoir envie de découvrir les techniques des autres. Après tout, je n'étais même pas sûr de vouloir me poser la question.

« Mike, et la suite, alors ? Qu'est-ce qu'on fait, une fois qu'on a trouvé la réponse à la question ? »

Mike esquissa un sourire. « Vous savez quoi, John ? Je vais aller voir où en est votre commande. Je vous répondrai en revenant. »

Quelques instants plus tard, il était de retour avec un plateau couvert d'assiettes.

« Tout ça pour moi ? » me suis-je exclamé en me demandant si le petit déjeuner s'accompagnait sur le menu d'une description longue de deux paragraphes que j'aurais omis de lire.

Tout à fait. Une formule petit déjeuner, avec une omelette, des tartines, du jambon, du bacon, des fruits frais, une galette de pommes de terre, des biscuits, et des crêpes.

Je parcourus la salle du regard, à la recherche de trois autres convives affamés pour se joindre à moi.

« Et avec ça, nous avons de la confiture pour les tartines, du sirop pour les crêpes, du miel pour les biscuits, et notre sauce tomate maison pour l'omelette. Je suis heureux de constater que vous avez faim, dit Mike.

— Je doute que quelqu'un puisse être aussi affamé que ça, ai-je répondu.

— Détrompez-vous, John. On ne se rend pas toujours compte à quel point on a besoin de quelque chose de consistant. »

Mike disposa les assiettes sur la table.

« John, il faut que j'aille discuter un moment avec le couple assis là-bas au fond, mais quand je reviendrai nous reprendrons notre conversation, si le cœur vous en dit.

— Entendu, ai-je répondu en contemplant les nombreuses assiettes posées devant moi. Pas de problème. »

NEUF

J'entrepris de m'attaquer à la nourriture dont ma table était couverte. Alors que j'engloutissais l'omelette, les tartines et les fruits, Casey revint me voir.

« Tout va bien, John ? »

J'achevai de mâcher ce que j'avais dans la bouche.

« Ça va bien, très bien même. C'est délicieux.

— Vous avez l'air de meilleure humeur. »

C'était vrai. La frustration qui me submergeait à mon arrivée au café s'était presque complètement évaporée. Je m'étais tellement focalisé sur *Pourquoi êtes-vous ici ?* et sur les discussions qui avaient suivi que tout le reste était passé au second plan. La présence d'une excellente omelette n'y était pas étrangère non plus.

« Vous voulez terminer votre repas tout seul ou vous préférez avoir de la compagnie ? demanda Casey.

— Je préfère nettement avoir de la compagnie. En fait, j'aimerais bien reprendre notre conversation de tout à l'heure. J'y ai réfléchi, et il reste des points que je voudrais éclaircir.

— Voyons si je peux les clarifier pour vous, répondit Casey.

— C'est à propos de cette question sur le menu. Si quelqu'un se demande pourquoi il est là, et s'il parvient à trouver la réponse, que fait-il de cette information ? »

Casey resta silencieuse pendant quelques instants.

« Avant tout, il est libre d'en faire ce qu'il veut. C'est lui qui l'a découverte, cette réponse, et elle lui appartient. Il n'y a que lui qui puisse décider ce qu'il en fait. Lui et lui seul. »

Je considérai ce qu'elle venait de dire.

« J'imagine que si quelqu'un découvre la raison de sa présence ici, il voudra trouver le meilleur moyen d'accomplir ce pour quoi il est là. La question est : comment faire ? »

En regardant Casey, j'eus le sentiment qu'elle connaissait la réponse, mais qu'elle attendait que je la trouve tout seul.

« C'est très personnel », dit-elle.

Je la dévisageai.

« Vous me donneriez un indice ?

— Peut-être qu'un exemple pourrait vous aider, répondit-elle. Supposons que vous souhaitiez utiliser votre temps libre pour devenir artiste, quelles sortes d'œuvres aimeriez-vous créer ? »

Je réfléchis.

« Je n'en sais rien. Je crois que ça dépendrait du genre d'artiste que je voudrais devenir. Je créerais juste ce que j'ai envie de créer, je suppose. »

Je restai silencieux dans l'attente de ses commentaires. Comme elle ne disait rien, je repensai à ce que je venais de dire.

« C'est si simple que ça ? ai-je demandé. Une fois qu'on sait pourquoi on est là, il suffit de faire ce qu'on a envie de faire pour accomplir sa raison d'être ? »

En prononçant ces paroles, je sentis une vague d'excitation parcourir mon corps. Comme si j'avais fait une découverte unique et importante et que mon corps me le confirmait. Cela semblait si simple que c'était presque trop beau pour être vrai. *Faites ce que vous voulez pour accomplir votre raison d'être.*

« Mais alors, si ma raison d'être est d'aider les autres, je dois faire quelque chose qui me plaise et qui selon moi permet d'aider les gens ? demandai-je en pensant qu'il commençait à me plaire, ce concept.

— C'est exact, répondit Casey. Si vous considérez que, pour aider les gens, il faut exercer une profession médicale, c'est ce que vous devriez choisir. S'il s'agit plutôt de construire des abris dans une région défavorisée, faites-le. À moins que vous ne préfériez apporter votre aide en devenant comptable, pour conseiller les gens lorsqu'ils payent leurs impôts. C'est aussi une possibilité. »

J'en avais le vertige. Je n'avais jamais envisagé les choses sous cet angle auparavant. Les décisions que j'avais prises tout au long de ma vie étaient basées sur des principes très différents : les conseils de ma famille, des pressions culturelles ou l'opinion des autres. Ceci n'avait rien à voir.

« Et si j'étais ici pour découvrir la vie de millionnaire ?

— Dans ce cas, faites ce qui correspond pour vous à la définition de “millionnaire”. S'agit-il de fréquenter des millionnaires ? De travailler jusqu'à ce que vous possédiez un million de dollars ? Faites-le. C'est toujours à vous de choisir, comme pour l'exemple précédent.

— Être un millionnaire... voilà qui me plairait, lui dis-je, de plus en plus enthousiaste. Je m'achèterais quelques voitures neuves, une ou deux maisons peut-être... »

Casey reprit la parole d'une voix douce.

« Est-ce pour cette raison que vous êtes ici ? »

Sa question apaisa mon esprit agité.

« Je n'en sais rien.

— Nous nous servons d'un sigle, Mike et moi, dit-elle, par rapport à la question que vous avez aperçue sur le menu. »

Je baissai les yeux pour relire la première question.

Pourquoi êtes-vous ici ?

« Quand quelqu'un connaît la raison pour laquelle il est là, il a identifié sa Raison d'Être. Nous l'appelons RDE pour faire plus court. Durant le cours de sa vie, cette personne va se rendre compte qu'elle aura besoin de dix, vingt, voire cent choses différentes pour accomplir sa Raison d'Être. Et elle va y arriver ! Nos clients les plus épanouis sont ceux qui connaissent leur Raison d'Être et qui essaient toutes les activités susceptibles de leur permettre de l'atteindre.

— Et vos clients les moins épanouis ? demandai-je.

— Ils font beaucoup de choses, eux aussi. »

Comme elle restait silencieuse, je prononçai la phrase qui me venait à l'esprit.

« Ils font beaucoup de choses, mais elles n'ont rien à voir avec leur Raison d'Être. »

Casey me sourit, et je réalisai qu'il s'agissait là d'une de ces conclusions à laquelle je devais parvenir par mes propres moyens.

« Casey, si je me posais la question, si je découvrais ma Raison d'Être, comment trouverais-je les moyens de l'accomplir ? Rencontrer des gens, voyager, faire toutes sortes d'activités et d'expériences nouvelles, Dieu sait quoi encore... Cela semble un peu compliqué. »

Casey répondit en me posant une question. Je commençais à me rendre compte qu'elle répondait souvent par une question.

« John, imaginons que vous découvrez que votre Raison d'Être est de savoir construire des voitures et que vous décidez d'atteindre ce but. Comment feriez-vous ? »

J'examinai sa proposition.

« Je suppose que je lirais beaucoup de livres sur les voitures. Peut-être que j'irais visiter une usine automobile, ou alors je contacterais des gens qui en ont construit pour avoir leur avis. J'essayerais sans doute de trouver un boulot sur une chaîne de montage.

— Resteriez-vous au même endroit ? »

Je pris le temps de réfléchir de nouveau.

« Non, je crois que si je voulais vraiment apprendre à construire des voitures, je visiterais plusieurs usines dans le monde pour découvrir des techniques différentes. En réponse à ma propre question, je crois que pour en apprendre le plus possible sur les moyens d'accomplir sa Raison d'Être, il faut explorer, essayer un maximum de choses en lien avec cette RDE.

— C'est exactement ça, répondit Casey. Nous sommes tous limités par l'état actuel de nos connaissances et de nos expériences. Le mot clé ici, c'est "actuel". Plus que jamais dans toute l'histoire de l'humanité, nous avons la chance de pouvoir être exposés individuellement à des informations, à des peuples, à des cultures, à des expériences venues du monde entier. Dans notre quête des éléments qui nous permettront d'accomplir notre Raison d'Être, nos limites aujourd'hui ne sont plus celles de l'accessibilité, mais bien davantage celles que nous nous imposons à nous-mêmes.

— Vous avez raison... Mais il me semble pourtant que je ne profite pas beaucoup de cette accessibilité. Quand je songe à ce que je fais de mes journées, c'est à peu près la même chose tous les jours.

— Pourquoi cela ? » demanda-t-elle.

Je baissai les yeux vers le menu.

Pourquoi êtes-vous ici ?

« Sans doute parce que j'ignore la réponse à cette question, ai-je répondu en indiquant le menu. Ne sachant pas vraiment pourquoi je suis ici ni ce que je veux y faire, je me contente de faire comme tout le monde.

— Et à votre avis, est-ce que "faire comme tout le monde" vous aide à accomplir votre Raison d'Être ? » demanda Casey.

DIX

La question de Casey me faisait tourner la tête. Est-ce qu'en faisant comme tout le monde, je parviendrais à accomplir ma Raison d'Être ? Avant que je puisse répondre, elle avait repris la parole.

« Avez-vous déjà vu une tortue de mer verte, John ?

— Une tortue de mer ?

— Exactement. Une tortue de mer. Une grosse tortue de mer verte avec des taches vertes sur la tête et sur les nageoires, pour être exacte.

— J'ai dû en voir sur des images, oui. Pourquoi ?

— Aussi étrange que cela puisse paraître, l'une des plus importantes leçons de vie que j'aie pu recevoir m'a été donnée par une grosse tortue de mer verte. Elle m'a appris à choisir ce que je fais de chacune de mes journées.

— Et que vous a-t-elle dit ? ai-je demandé sans parvenir à réprimer un sourire.

— C'est drôle, dit Casey en me rendant mon sourire. Sans rien me "dire" de particulier, elle m'a tout de même appris beaucoup de choses. Je faisais de la plongée avec un masque et un tuba au large des côtes d'Hawaï. C'était une journée spectaculaire, car j'avais vu une murène tachetée et un poulpe pour la première fois de ma vie. Il y avait aussi des milliers de poissons de toutes les couleurs, du bleu néon le plus vif jusqu'aux plus profondes nuances de rouge.

« J'étais à une trentaine de mètres de la plage, occupée à plonger entre de gros rochers quand, sur ma droite, j'ai aperçu une grosse tortue de mer verte qui nageait à côté de moi. C'était la première fois que j'en voyais une en liberté ; j'étais folle de joie. Je suis revenue à la surface, j'ai vidé mon tuba, et je me suis mise à flotter à la surface de l'eau pour la contempler.

« Quand je baissais les yeux, elle était là, à quelques mètres en dessous de moi, nageant vers le large. J'ai décidé de la suivre afin de pouvoir l'observer. À ma grande surprise, je ne suis pas arrivée à me maintenir à sa hauteur. Ses mouvements semblaient lents, pourtant : elle flottait dans l'eau, remuant de temps en temps les nageoires... Je portais des palmes, ce qui me donnait une force de propulsion supplémentaire, et je n'avais ni gilet de sauvetage ni quoi que ce soit qui puisse me ralentir. Mais malgré tous mes efforts, peu à peu, elle s'éloignait de moi.

« Au bout d'environ dix minutes, elle avait disparu. Fatiguée, déçue, et un peu gênée d'avoir été semée par une tortue, j'ai fait demi-tour et j'ai nagé jusqu'au rivage.

« Le lendemain, je suis revenue au même endroit dans l'espoir de voir d'autres tortues. Et en effet, une demi-heure environ après être entrée dans l'eau, en me retournant pour observer un banc de petits poissons jaune et noir, je suis tombée sur une autre tortue de mer. Je l'ai observée un moment qui barbotait parmi les coraux. Quand elle s'est éloignée du rivage, j'ai tenté de la suivre. De nouveau, j'ai été étonnée de constater que je n'y parvenais pas. Quand j'ai réalisé qu'elle me dépassait, j'ai arrêté de nager ; je me suis contentée de flotter en l'observant. C'est là qu'elle m'a transmis cette leçon de vie qui a tant compté pour moi. »

Casey se tut.

« Casey, vous ne pouvez pas terminer votre histoire comme ça. Que vous a-t-elle appris ? »

Casey sourit.

« Vous aviez l'air de penser qu'il est impossible qu'une tortue de mer puisse nous dire quoi que ce soit ? »

Je lui rendis son sourire.

« Je doute encore qu'elles puissent "dire" quoi que ce soit, mais en écoutant votre histoire, je commence à croire en leurs capacités d'enseignement. Que s'est-il passé ensuite ?

— Eh bien, alors que je flottais à la surface, j'ai réalisé que la tortue synchronisait ses mouvements avec les mouvements de l'eau. Lorsqu'une vague se dirigeait vers le rivage en la frappant de front, la tortue flottait en remuant juste assez ses nageoires pour maintenir sa position. Quand l'attraction exercée par la vague repartait vers l'océan, elle se mettait à nager plus vite pour utiliser le mouvement de l'eau à son avantage.

« La tortue ne s'opposait jamais à la force des vagues, bien au contraire, elle s'en servait. Je n'étais pas arrivée à rester à sa hauteur parce que je nageais tout le temps, quelle que soit la direction des vagues. Au début, ce n'était pas un problème, j'avais même parfois été obligée de ralentir. Mais plus je luttais contre le ressac, plus je me fatiguais. Et quand la vague repartait vers le large, je n'avais plus assez d'énergie pour en profiter.

« Au fur et à mesure que les vagues déferlaient et se retiraient, je me fatiguais de plus en plus, et j'étais de moins en moins efficace. La tortue, elle, continuait à optimiser ses mouvements en les harmonisant avec ceux de l'eau.

C'est pour cette raison qu'elle nageait plus vite que moi.

— Casey, je pense que je suis capable d'apprécier une bonne histoire de tortue...

— Une histoire de tortue de mer verte, m'interrompit Casey avec un sourire.

— D'accord, une histoire de tortue de mer verte. Je suis tout aussi capable d'apprécier une bonne histoire de tortue de mer verte que n'importe qui. Plus, même, parce que j'adore l'océan. Mais je ne suis pas sûr de bien comprendre en quoi c'est lié à la façon dont les gens choisissent ce qu'ils font de leurs journées.

— Et moi qui plaçais tant d'espoir en vous, répliqua-t-elle en souriant de nouveau.

— O.K., ai-je répondu. Donnez-moi une minute. »

Je réfléchis à ce dont nous parlions avant qu'il ne soit question de la tortue de mer verte, puis je repris la parole.

« Vous disiez qu'une fois que quelqu'un sait pourquoi il est là – une fois qu'il connaît sa RDE – il peut passer son temps à faire des choses qui lui permettront de l'accomplir. Vous disiez aussi que les gens qui ignorent ce qu'est leur RDE passent également leur temps à faire des tas de choses. J'en ai donc déduit que les choses auxquelles ils occupent leur temps ne sont *pas* utiles à l'accomplissement de leur RDE.

— Bien vu, et j'ai l'impression que l'idée principale n'est pas loin, dit Casey d'un ton gentiment sarcastique.

— Oui, c'est vrai, ai-je répondu en souriant. Je crois que ce que cette tortue – cette tortue de mer verte – vous a enseigné, c'est que si vous n'êtes pas en harmonie avec ce que vous voulez faire, vous risquez de gâcher votre énergie à des tas de choses. Et quand l'opportunité de faire ce dont vous avez envie se présente enfin, vous n'avez plus de temps ni d'énergie à lui consacrer.

— Très juste, et j'apprécie que vous ayez pensé à dire “tortue de mer verte” au lieu de dire simplement “tortue”. »

Elle continua son histoire d'un ton plus grave.

« Ça a été un moment très important pour moi, plus qu'un déclic, une vraie révélation. Chaque jour, des tas de gens essaient de vous persuader de dépenser votre temps et votre énergie à leur profit. Pensez à votre courrier. Si vous deviez participer à chaque activité, à chaque vente, souscrire à chaque service que l'on vous propose, vous n'auriez plus un instant de libre. Et je ne parle que du courrier. Ajoutez à cela tous ces gens qui cherchent à retenir votre attention, que ce soit pour regarder la télévision, passer du temps sur Internet, aller au restaurant, partir en voyage... On se retrouve facilement en train de faire la même chose que tout le monde, ou ce que tout le monde voudrait que vous fassiez.

« Quand je suis revenue sur la plage après avoir observé la tortue, le deuxième jour, j'étais emplie de toutes ces idées. Assise sur ma serviette, je les ai notées dans mon journal. J'ai réalisé que, dans ma vie, les vagues qui déferlent sur le rivage sont constituées de tous ces gens, toutes ces activités, toutes ces choses qui essaient d'attirer mon attention, mon énergie et mon temps sans être pour autant associés à ma RDE. Les vagues qui partent vers la mer sont les personnes, les activités et les choses qui peuvent m'aider à réaliser ma RDE. De ce fait, plus je gaspille mon temps et mon énergie à lutter contre les vagues déferlantes, moins j'ai de temps et d'énergie à consacrer aux vagues qui partent vers la mer.

« Une fois que j'ai intégré cette image, j'ai vraiment commencé à voir les choses différemment. Je suis devenue bien plus sélective, et j'ai appris à économiser mes mouvements.

— C'est intéressant, dis-je en repensant à son histoire et à la manière dont j'occupais la plupart de mes journées. À présent, je comprends ce que vous vouliez dire à propos de ce qu'une tortue de mer verte peut nous enseigner. »

Casey se leva de table.

« C'est ce que j'espérais. Mais je vous empêche de profiter de votre petit déjeuner. Je ferais mieux de vous laisser manger, mais je reviendrai dans un petit moment pour voir comment vous vous en sortez.

— Casey, avant que vous ne partiez, puis-je vous emprunter votre stylo et un morceau de papier ?

— Bien sûr. »

Elle prit un stylo dans la poche de son tablier, puis elle arracha une feuille de son carnet de commandes et les posa tous deux sur la table.

« La réponse va vous étonner, annonça-t-elle avec un clin d'œil avant de s'éloigner.

— Comment le savez-vous ? »

Mais le temps que je pose la question, elle était déjà presque au fond du café.

Je me suis mis à noter des chiffres sur la feuille de papier. Espérance de vie moyenne, 75 ans... 22 ans, l'âge où j'avais obtenu mon diplôme universitaire... Je recevais du courrier six fois par semaine... J'étais réveillé seize heures par jour... Mon courrier et mes e-mails me prenaient vingt minutes chaque jour...

Je n'en croyais pas mes yeux en terminant mes calculs. Je recomptai. Même résultat.

Je réalisai que Casey ne plaisantait pas quant à l'impact de la vague déferlante. Entre l'obtention de mon diplôme et mes 75 ans, mes vingt minutes quotidiennes à trier des courriers et des e-mails sans importance équivalaient presque à toute une année de vie.

Je refis le calcul une troisième fois. C'était pourtant vrai. Il me restait probablement cinquante-trois années de vie après l'université, et si je n'y prenais pas garde, je risquais d'en gâcher une à lire du spam.

« Alors ? »

C'était Casey. Elle était revenue de la cuisine, mais j'étais tellement absorbé par mes calculs que je ne l'avais pas entendue venir.

« Vous aviez raison, Casey. Je suis étonné. Je dirais même que je suis au-delà de l'étonnement, je suis presque en état de choc. Saviez-vous que rien qu'avec le spam vous perdez toute une année de vie ? »

Elle sourit.

« Tous les courriers, tous les e-mails ne sont pas du spam, John.

— Non, mais en ce qui me concerne, la plupart en sont. Et il n'y a pas que ça. Je me demande vraiment quels autres éléments de la vague déferlante me prennent mon temps et mon énergie chaque jour.

— C'est vrai que ça fait réfléchir, dit Casey. C'est pour cette raison que ma rencontre avec la tortue de mer verte a eu tant d'impact sur moi. »

Avec un dernier sourire, elle repartit voir les clients assis à l'autre bout du café.

ONZE

Je me suis lancé à l'assaut des crêpes. Elles étaient aussi délicieuses que le reste. Tout en mangeant, je repensai à ce dont j'avais discuté avec Mike et Casey. Ces conversations n'avaient rien à voir avec les discussions de comptoir habituelles d'un café. Pourquoi êtes-vous ici ? Que faire une fois que vous avez découvert pourquoi ? Que pouvez-vous apprendre d'une tortue de mer verte ?

Alors que je faisais disparaître le reste des fruits, Mike s'approcha de ma table.

« Alors John, c'est bon ?

— C'est délicieux, quel super endroit ! Vous devriez franchiser ce restaurant, Mike, vous feriez fortune.

— Peut-être ai-je déjà fait fortune, dit Mike en esquissant un sourire.

— Pourquoi travailleriez-vous ici, si... »

Je me tus, mais trop tard.

« Désolé, Mike. Ce n'est pas que cet endroit n'en vaut pas la peine. Je voulais juste dire que... Je ne sais pas trop ce que je voulais dire, en fait.

— Ce n'est pas grave. On m'a souvent posé la question. John, connaissez-vous l'histoire de l'homme d'affaires qui part en vacances et qui rencontre un pêcheur ?

— Non, je ne crois pas.

— C'est une petite histoire qui a eu beaucoup de succès il y a quelques années. Elle vous intéresse ? C'est en rapport avec votre idée de franchiser ce café.

— Bien sûr.

— Eh bien, c'est l'histoire d'un homme d'affaires qui part en vacances pour prendre un peu l'air et "recharger ses batteries", comme on dit. Il s'envole pour une destination lointaine et part se promener dans un petit village. Les premiers jours, en observant les gens du coin, il remarque un pêcheur en particulier. Ce pêcheur semblait l'homme le plus heureux, le plus comblé de tout le village. Cela éveilla la curiosité de l'homme d'affaires. Un beau jour, il s'approcha du pêcheur et lui demanda à quoi il occupait ses journées.

« L'homme répondit qu'il se réveillait tous les matins pour prendre le petit déjeuner avec sa femme et ses enfants. Ensuite, les enfants partaient à l'école, il allait pêcher, et sa femme faisait de la peinture. Il pêchait pendant quelques heures et revenait avec suffisamment de poisson pour les repas de la famille. Ensuite, il faisait la sieste. Après le dîner, il allait se promener le long de la plage avec sa femme, et ensemble ils regardaient le coucher du soleil tandis que les enfants se baignaient dans l'océan.

« L'homme d'affaires fut stupéfait.

Et vous faites cela tous les jours ? demanda-t-il.

— Presque tous les jours, répondit le pêcheur. Nos journées sont parfois différentes mais, la plupart du temps, c'est ainsi que se déroule ma vie.

— Et chaque jour, vous arrivez à attraper du poisson ? demanda l'homme d'affaires.

— Oui, répondit le pêcheur. Il y a beaucoup de poissons.

— Vous arrive-t-il d'attraper davantage de poisson que ce que vous rapportez chez vous pour votre famille ? demanda l'homme d'affaires.

« Le pêcheur le regarda, sourit, et répondit :

— Oh oui, il m'arrive bien souvent d'attraper plus de poissons que nécessaire, mais dans ce cas-là, je les relâche, tout simplement. J'adore pêcher, voyez-vous.

— Mais alors, pourquoi ne pas pêcher toute la journée et en attraper autant que vous le pouvez ? demanda l'homme d'affaires. Vous pourriez vendre le poisson, vous gagneriez beaucoup d'argent. Très vite, vous pourriez vous acheter un second bateau, puis un troisième, et leurs pêcheurs prendraient aussi des tas de poissons. En quelques années, vous pourriez ouvrir un bureau dans une grande ville, et je parie qu'en moins de dix ans vous vous retrouveriez à la tête d'une entreprise internationale de distribution de poisson.

« De nouveau, le pêcheur sourit à l'homme d'affaires.

— Et pourquoi ferais-je tout cela ?

— Mais enfin, pour l'argent, répondit l'homme d'affaires. Vous feriez tout cela pour gagner beaucoup d'argent et pouvoir prendre votre retraite.

— Et que ferais-je, une fois à la retraite ? demanda le pêcheur qui souriait toujours.

— Eh bien, tout ce dont vous aurez envie, j'imagine, dit l'homme d'affaires.

— Comme prendre le petit déjeuner avec ma famille, par exemple ?

— Oui, pourquoi pas, dit l'homme d'affaires, un peu agacé que le pêcheur ne soit pas plus enthousiasmé par son idée.

— Et si j'en avais envie, puisque j'aime tellement pêcher, peut-être que je pourrais aller chaque jour attraper quelques poissons ? continua le pêcheur.

— Mais pourquoi pas, dit l'homme d'affaires. Il y aura certainement moins de poissons d'ici là, mais il devrait quand même en rester quelques-uns.

— Et peut-être que je pourrais passer mes soirées avec ma femme, à marcher le long du rivage en regardant le coucher du soleil, pendant que nos enfants se baigneraient dans l'océan ? proposa le pêcheur.

— Évidemment, tout ce que vous voulez, mais d'ici là vos enfants seront sans doute devenus grands, répondit l'homme d'affaires.

« Le pêcheur sourit à l'autre homme, lui serra la main, et lui souhaita bonne chance dans ses tentatives de rechargement de batteries. »

En terminant son histoire, Mike leva les yeux sur moi.

« Qu'en pensez-vous, John ?

— Je pense que je suis un peu comme cet homme d'affaires. Je passe la plupart de mes journées à travailler pour économiser pour ma retraite.

— Moi aussi je faisais ça, avant, dit Mike. Mais j'ai pris conscience d'une chose très importante à mes yeux : autrefois, pour moi, la retraite, c'était ce jour lointain où j'aurais assez d'argent pour faire ce dont j'aurais envie ; ce jour où je serais libre de prendre part aux activités de mon choix, libre d'occuper mes journées à faire des choses gratifiantes. Mais un soir, après une journée de travail particulièrement peu gratifiante, j'en suis arrivé à la conclusion qu'il devait y avoir une meilleure solution. Et avec le temps, j'ai fini par découvrir que j'avais mal compris le fonctionnement global des choses. C'était si simple, pourtant – était-il possible que je me sois trompé à ce point ? Eh bien oui, c'était le cas. »

Je continuai à manger pendant que Mike parlait.

« J'ai réalisé que chaque journée est pour moi une nouvelle opportunité de faire ce dont j'ai envie. Chaque jour, j'ai la chance de pouvoir répondre à la question que vous avez aperçue au dos du menu. Pas besoin d'attendre la retraite. »

Je posai ma fourchette et je me redressai sur mon siège. J'étais un peu étonné que tout ceci ait l'air aussi simple.

« C'est trop facile, dis-je. Si c'est si facile que ça, pourquoi tout le monde ne fait-il pas ce dont il a envie ?

— Ah ça, répondit Mike en souriant, je crains de ne pas pouvoir parler pour tout le monde. Faites-vous ce que vous avez envie de faire, John ? »

Je ne m'attendais pas à ce que la conversation prenne ce tour. J'avais espéré que Mike continuerait à parler, et que je n'aurais rien d'autre à faire que de l'écouter. Je considérai sa question.

« Non, pas vraiment, ai-je répondu.

— Et pourquoi ? »

Pas de doute, nous nous engagions dans une voie que je n'avais pas anticipée.

« Pour être honnête, Mike, je n'en sais rien. Je ne savais pas vraiment ce que j'avais envie d'étudier à l'université. J'ai fini par me décider pour un programme qui ne me déplaisait pas trop, et puis tout le monde disait que cela m'ouvrirait des perspectives d'emploi. J'ai commencé à travailler juste après la fin de mes études, et je me suis de plus en plus focalisé sur l'argent. J'ai fini par gagner un salaire respectable et par m'enliser dans mes petites habitudes. Je crois que je n'avais encore jamais réfléchi à cette question, ajoutai-je en montrant le menu. Pas jusqu'à cette nuit, du moins.

— Comme je vous le disais, John, c'est amusant de voir quand et comment l'idée vient aux gens.

— C'est tout de même complètement fou, ai-je fait remarquer.

— Que voulez-vous dire ?

— Ce dont nous parlions à l'instant. Pourquoi passer tant de temps à nous préparer au moment où nous pourrons enfin faire ce qui nous plaît au lieu de le faire tout de suite ?

— Il y a quelqu'un que vous devriez rencontrer à ce sujet », a dit Mike.

Il se leva pour rejoindre Casey, qui discutait avec les autres clients. Je n'entendais pas ce dont ils parlaient, mais quelques instants plus tard l'une des convives se leva pour se diriger vers moi.

DOUZE

En arrivant à ma table, Mike me présenta la femme qui l'accompagnait.

« John, j'aimerais vous faire rencontrer l'une de mes amies, Anne. Anne, voici John. C'est la première fois qu'il vient au café ce soir. »

Anne sourit en me serrant la main.

« Enchanté, Anne. Si j'en crois ce que vient de dire Mike, vous dînez ici très souvent.

— De temps en temps, répondit Anne. C'est un de ces endroits où l'on se retrouve toujours quand on en a besoin.

— Je commence à m'en rendre compte, ai-je répliqué.

— John et moi étions justement en train de parler de l'un de tes sujets favoris, Anne, alors j'ai pensé que nous pourrions faire appel à toi pour avoir l'opinion d'une spécialiste. »

Anne se mit à rire.

« Je ne suis pas forcément une spécialiste, mais j'ai toujours mon mot à dire. De quoi s'agit-il exactement ?

— John demandait pourquoi nous passons tant de temps à préparer le moment où nous pourrons enfin faire ce qui nous plaît au lieu de le faire tout de suite.

— Ah, c'est un de mes sujets favoris », déclara-t-elle en riant.

Le rire d'Anne était contagieux. Elle me parut tout de suite sympathique.

« Anne, asseyez-vous, je vous en prie. J'aimerais entendre votre point de vue. Le vôtre aussi, Mike, si vous en avez le temps. »

Ils se glissèrent sur la banquette en face de moi. Mike parla le premier.

« Avant qu'Anne ne commence, il faut que vous en sachiez un peu plus à son sujet. Elle est diplômée de l'une des meilleures écoles de marketing du monde, et elle a occupé pendant plusieurs années un poste très haut placé dans le monde de la publicité.

— Oh... impressionnant.

— Pas tant que ça, glissa Anne avec un sourire, mais cela vous permet de comprendre le contexte et je crois que c'est important. John, vous arrive-t-il de regarder la télévision, de lire des magazines, de surfer sur le Web ou d'écouter la radio ?

— Parfois, oui. Pourquoi ?

— Une partie de la réponse à votre question – à savoir la raison pour laquelle nous passons notre temps à nous préparer à faire ce qui nous plaît au lieu de le faire tout de suite – se trouve dans les messages dont nous sommes bombardés chaque jour. Voyez-vous, les publicitaires savent depuis longtemps qu'en ciblant les peurs ou les insatisfactions du public, il est possible d'influencer les gens. En déclenchant un certain type de crainte ou de désir, on peut les amener à acheter certains produits, ou à faire appel à des services spécifiques.

— Pourriez-vous me donner un exemple ?

— Eh bien, avez-vous déjà vu ou entendu une publicité qui se propose de vous faire atteindre le bonheur ou la sécurité ? Un message du genre : avec ce produit, votre vie sera meilleure ?

— Je ne sais pas... Oui, je suppose.

— C'est plus subtil que ça d'habitude, précisa Anne. La plupart du temps, les entreprises ne le proclament pas de manière aussi évidente. Mais quand on sait où regarder, ou quand on a créé beaucoup de publicités dans sa vie, on le voit. Le but de ces messages est de vous faire croire que vous vous épanouirez grâce à un produit ou à un service en particulier. Par exemple, conduire cette voiture donnera du sens à votre vie, manger cette glace vous apportera le bonheur, posséder ce diamant vous offrira la joie.

« Et puis laissez-moi vous dire une chose très importante. En général, la publicité véhicule un second message, bien plus subtil et bien plus puissant : elle affirme que ces produits vous apporteront la satisfaction, certes, mais elle dit aussi que si vous ne vous les procurez pas, vous risquez fort de ne pas vous épanouir. »

Je le regardai d'un air interrogateur.

« Anne, êtes-vous en train de dire qu'on ne devrait jamais rien acheter ? Ça me semble un peu extrême, et pas vraiment pratique.

— Oh non, répliqua-t-elle. Comprenez-moi bien. Chacun fait comme il veut. Je ne suis pas en train de vous dire de ne pas acheter de voiture, d'éviter les centres commerciaux ou de vous priver de glaces. Vous avez demandé pourquoi nous passons tant de temps à nous préparer à faire ce dont nous avons envie, au lieu de le faire tout de suite. Une partie de la réponse, c'est que si nous n'y prenons pas garde, nous nous laissons persuader par les innombrables messages publicitaires auxquels nous sommes confrontés tous les jours. Nous finissons par croire que la clé du bonheur et de l'épanouissement, c'est un produit ou un service. Le résultat, c'est que nous risquons de nous retrouver dans une situation financière qui nous force à continuer à faire des choses qui ne nous plaisent pas.

— Je ne suis pas sûr de vous comprendre, Anne.

— Laissez-moi vous donner un exemple très simple. Gardez à l'esprit que cela ne s'applique pas à tout le monde, mais cela devrait tout de même permettre de clarifier ce dont nous venons de parler. Dès notre plus jeune âge, nous sommes exposés à des messages publicitaires qui nous répètent à l'envi que l'épanouissement s'obtient grâce à des objets. Résultat ? Tout naturellement, nous achetons les objets en question, pour voir si la publicité dit vrai.

« Le problème, c'est qu'il faut de l'argent pour obtenir ces objets. Pour résoudre ce problème, nous cherchons donc un emploi. Celui que nous trouvons n'est pas forcément le job de nos rêves, nous n'avons pas spécialement envie d'y consacrer notre vie, mais il nous est nécessaire pour payer nos achats. Nous nous persuadons que c'est temporaire. Bientôt, très bientôt, nous ferons autre chose, une activité plus proche de nos véritables envies.

» Mais il y a un hic. Ce travail qui ne nous satisfait pas, nous y passons énormément de temps. Par conséquent, nous sommes de plus en plus insatisfaits. Autour de nous, les gens se plaignent ; ils évoquent leur retraite avec impatience, ce moment où ils pourront *enfin* faire ce qu'ils ont envie de faire. Bientôt, nous aussi nous nous mettons à rêver à ce moment quasi mythique, cette date future à partir de laquelle nous n'aurons plus besoin d'aller travailler et où nous pourrons faire ce qui nous plaît.

« En attendant, pour oublier que les activités qui remplissent nos journées ne nous plaisent pas forcément, nous achetons de plus en plus de choses. Nous espérons qu'une petite partie du message publicitaire est vrai, et que ces objets nous apporteront l'épanouissement que nous ne trouvons pas au travail. Malheureusement, plus nous achetons, plus les factures s'accumulent, et plus nos journées de travail s'allongent pour réussir à payer tout cela. Et comme travailler est loin d'être notre activité favorite, ce temps de travail supplémentaire augmente notre degré d'insatisfaction, car à présent nous avons encore moins de temps à consacrer à ce qui nous plaît.

— Résultat : nous achetons encore plus de choses, dis-je. Je crois que je vois où vous voulez en venir. Ce cycle ne m'a pas l'air bien positif.

— Positif ou pas, répliqua Anne, le résultat final, c'est que les gens travaillent de plus en plus longtemps à des choses qui ne comblent pas forcément leur Raison d'Être, tout en focalisant leur attention vers ce moment où ils n'auront plus besoin de travailler, et où ils pourront enfin faire ce qu'ils veulent.

— Ça alors, je n'y avais jamais réfléchi de cette manière. Êtes-vous bien sûre de tout cela ? »

Anne et Mike éclatèrent de rire.

« John, de la même façon que je ne vous recommande pas de prendre les messages publicitaires au premier degré, mais de les voir pour ce qu'ils sont, je ne souhaite pas que vous preniez tout ce que je dis pour argent comptant, répondit Anne. Casey m'a dit que vous aviez discuté ensemble du fait qu'aujourd'hui, nous avons tous la possibilité d'élargir notre horizon et de développer nos connaissances. Ce que je viens de partager avec vous n'est qu'une opinion personnelle. À présent que vous l'avez entendue, vous êtes libre de contempler le monde autour de vous et de décider si cette opinion est vraie, ou partiellement vraie, en ce qui vous concerne.

— Ce qui est certain, c'est qu'elle va me faire voir les choses autrement. Dites-moi, Anne, l'exemple que vous venez de donner, est-ce le vôtre ? Êtes-vous passée par ce cycle, vous aussi ? »

Anne se mit à rire.

« Absolument ! Je suis capable d'en rire à présent, mais à l'époque ce n'était pas drôle du tout. J'étais vraiment malheureuse. J'avais l'impression de n'avoir aucun contrôle sur ma vie. Je travaillais énormément, tous les jours, et j'essayais de compenser mon manque de temps libre en m'offrant des choses matérielles. Cette approche de la vie me semblait très rationnelle, d'ailleurs.

« Je me disais : j'ai travaillé tout le weekend, donc je mérite une nouvelle tenue, ou bien le tout dernier gadget électronique, ou encore un meuble de style. Le problème, c'est que je travaillais tellement que je n'avais pas l'occasion de profiter de ce que je m'offrais. Mes visiteurs admiraient ma maison et m'enviaient de pouvoir y vivre, mais je passais si peu de temps chez moi que ce beau décor ne m'apportait guère de plaisir.

« Un soir, après avoir trié un gros paquet de factures qui, une fois de plus, allaient dévorer les trois quarts de mon salaire mensuel, je me suis écroulée sur mon lit et je suis restée là, à contempler le plafond. J'avais du mal à retenir mes larmes. Je venais de réaliser que j'étais en train de rater ma vie. Je la passais à travailler, alors que ce boulot ne me plaisait pas tant que ça. Et j'essayais de compenser en m'achetant des choses qui, finalement, n'avaient pas tellement d'importance à mes yeux non plus.

« Le pire, c'est que pour pouvoir faire ce dont j'avais envie, j'allais être obligée de travailler jusqu'à soixante ans, l'âge auquel je pourrais partir à la retraite. J'étais désespérée.

— Vous avez l'air tout sauf désespérée, à présent, lui ai-je fait remarquer. Qu'est-ce qui s'est passé ? »

Anne sourit avant de répondre.

« J'étais dans un tout autre état d'esprit, en effet. Ce soir-là, après avoir contemplé le plafond en essayant de comprendre comment j'avais pu me retrouver dans une situation pareille, je décidai d'aller faire un tour. À cette époque, je vivais dans une grande ville, et les rues étaient pleines de monde. Je dévisageais tous les passants en me demandant s'ils ressentaient la même chose que moi.

« Étaient-ils heureux ? Aimaient-ils ce qu'ils faisaient ? Étaient-ils épanouis ? J'ai fini par m'arrêter dans un petit café devant lequel j'étais souvent passée sans jamais oser en pousser la porte. À ma grande surprise, un homme de ma connaissance y était attablé. Je l'avais rencontré à plusieurs reprises, et j'avais toujours été surprise de constater à quel point il avait l'air heureux.

« Il me proposa de me joindre à lui et, durant les trois heures suivantes, nous avons échangé nos théories sur la vie en buvant d'innombrables cafés. Quand je lui exposai ma situation, il a souri avant de suggérer que je lisais peut-être trop mes propres publicités.

Je lui répondis que je ne voyais pas bien ce qu'il voulait dire par là. Il m'expliqua alors le cycle que je viens de vous décrire. Il me parla d'autre chose aussi, et cela m'a marquée, car je m'en rappelle encore aujourd'hui.

« Le véritable challenge, disait-il, c'est de réaliser que quelque chose nous épanouit parce que nous l'avons déterminé nous-même, à titre personnel, pas parce qu'on nous dit que cela doit nous épanouir.

« Cette nuit-là, une fois rentrée chez moi, je me suis assise et j'ai réfléchi à ce qui m'épanouissait, et pourquoi. Je me suis mise au défi de trouver ce à quoi je voulais occuper mes journées. Très vite, je me suis retrouvée en train de me demander pourquoi je voulais passer mes journées de cette manière. Et ces réflexions ont fini par m'amener ici, ajouta-t-elle. »

Je baissai les yeux. Anne pointait le menu du doigt.

Pourquoi êtes-vous ici ?

« Et après ? » ai-je demandé.

Anne rit de nouveau.

« Eh bien, Casey vous a sans doute expliqué qu'une fois qu'on se demande *Pourquoi suis-je ici ?*, des choses changent dans votre existence. Sans entrer dans les détails, je peux simplement vous affirmer que, depuis cette nuit-là, je ne suis plus la même.

« Cela s'est mis en place progressivement. J'ai commencé par prendre un peu plus de temps pour moi, chaque semaine. J'ai arrêté de m'offrir des objets pour me récompenser d'avoir travaillé dur, et je me suis mise à prendre soin de moi en faisant ce que j'avais envie de faire. Chaque jour, je réservais au moins une heure à une activité que j'aimais. C'était parfois un roman qui me passionnait, ou une longue promenade, ou bien la pratique d'un sport.

« Au fur et à mesure, je suis passée d'une heure pour moi à deux, puis trois. Et sans m'en rendre compte, je me suis recentrée sur ce que j'avais envie de faire, et sur les choses qui répondaient à ma question : *Pourquoi suis-je ici ?* »

TREIZE

Anne se tourna vers Mike.

« Vous avez eu la discussion sur la mort ou pas encore ?

— La quoi ? ai-je demandé avec une certaine appréhension. »

Anne sourit en montrant le menu. « La seconde question. »

Je suivis son regard.

Avez-vous peur de la mort ?

J'avais presque oublié les deux autres questions sur le menu. Après tout ce que la première question avait remué en moi, je n'étais pas certain d'être prêt à réfléchir à la suite.

« Elles sont liées », me dit Mike.

Voilà qu'il recommençait à lire dans mes pensées. Juste au moment où je commençais à me dire que ce café était normal, finalement. En vérité, je crois que je ne suis jamais parvenu à m'en persuader totalement.

« Comment ça, liées ? ai-je répondu.

— Avez-vous peur de la mort ? me demanda Anne. La plupart des gens en ont peur. C'est l'une des peurs les plus courantes au monde, en réalité.

— Je n'en sais rien. Il y a tellement de choses à découvrir dans la vie, je ne veux pas mourir avant d'avoir pu réaliser tout ce que j'ai envie de faire. Mais je ne pense pas à la mort tous les jours.

— Les gens qui ne se sont pas posé la question que vous avez vue sur le menu, ceux qui n'ont rien entrepris pour accomplir leur RDE en faisant quelque chose qu'ils aiment... »

Anne fit une pause et me regarda dans les yeux.

« Ces gens-là ont peur de la mort », reprit-elle.

C'était à mon tour de rester silencieux. Je dévisageai Anne et Mike.

« Vous êtes en train de me dire que la plupart des gens passent leur temps à penser à la mort ? J'ai du mal à vous croire. En ce qui me concerne, je ne passe certainement pas mes journées à penser à la mort. »

Mike sourit.

« Non, ce n'est pas ça. Ce que nous décrivons se passe essentiellement au niveau de l'inconscient. Pour la plupart des gens, la mort n'est pas au premier plan de leurs préoccupations quotidiennes. Mais inconsciemment, ils savent qu'à chaque jour qui passe, ils perdent une chance de réaliser ce qu'ils ont envie de faire dans la vie. C'est pour cela qu'ils craignent le moment où ils n'auront plus jamais cette chance, car ce moment est inévitable. Ils craignent le jour de leur mort. »

Je réfléchis à ce qu'il venait de dire.

« Mais il y a une solution, non ? Si quelqu'un se demande *Pourquoi suis-je ici ?*, s'il choisit ce qu'il veut faire pour accomplir sa Raison d'Être et qu'il le réalise, pourquoi aurait-il peur de la mort ? On ne peut pas craindre de rater l'occasion de vivre quelque chose qu'on a déjà fait ou qu'on fait tous les jours. »

Anne sourit à son tour en se levant de table.

« Non, c'est vrai, admit-elle d'une voix douce. J'ai été ravie de vous rencontrer, John. Je dois aller retrouver mon ami, mais ce fut un plaisir de discuter avec vous. »

Je me levai pour lui serrer la main.

« Tout le plaisir était pour moi. Merci de m'avoir fait partager votre point de vue. »

Tandis qu'elle retournait à sa table, je me suis de nouveau laissé glisser sur la banquette. J'avais l'impression d'avoir changé. Je ne savais pas en quoi, mais c'était comme si je venais d'apprendre quelque chose qui me serait utile pour longtemps. Mike se leva.

« Tout va bien, John ? Vous avez l'air un peu secoué.

— Je suis juste en train de réfléchir. Ce que vous avez dit, Anne et vous, a beaucoup de sens. Je suis étonné de ne pas en avoir entendu parler auparavant, ou de ne pas y avoir pensé moi-même.

— Chaque chose en son temps, John. Vous y avez peut-être déjà pensé, mais sans doute qu'à cette époque vous n'étiez pas prêt à l'entendre, ni à agir en conséquence. »

Mike se pencha pour ramasser deux assiettes vides sur la table.

« Laissez-moi vous débarrasser un peu. Vous allez finir ces galettes de pommes de terre ?

— Difficile à croire, mais oui ! ai-je répondu en m'arrachant à mes pensées pour revenir à la nourriture posée devant moi. Elles sont délicieuses, et j'ai encore trop faim pour les laisser partir. »

Tandis que Mike s'éloignait, je reportai mon attention sur tout ce dont nous venions de parler avec Anne et lui. Cela faisait beaucoup de choses à assimiler. Je réfléchis à l'histoire d'Anne, à l'impact de la publicité. Ma conception du succès, du bonheur et de l'épanouissement avait-elle en partie été définie par d'autres que moi-même ? Difficile à savoir... Je décidai d'être plus attentif aux messages cachés dans les discours des autres, à l'avenir.

La discussion sur la mort était quelque chose de totalement différent. J'avais conscience d'avoir atteint un degré de compréhension profond à la fin de notre conversation. Certes, je n'avais pas vécu ma vie dans un état de désespoir émotionnel, je n'étais pas terrorisé par la mort – je n'y pensais même pas tant que ça. Mais le concept d'une vie où j'accomplirais mon but personnel, et l'impact que cela aurait sur ma façon de percevoir chacune de mes journées, oui, cela résonnait très bien en moi.

« On ne peut pas avoir peur de rater l'occasion de vivre quelque chose si on l'a déjà fait ou si on le fait tous les jours », me dis-je en moi-même.

J'aurais aimé y avoir pensé plus tôt, ou en avoir déjà entendu parler. « Mais de toute façon, me dis-je, connaître le concept ne suffit pas. Ce qui compte, c'est de parvenir à faire ce dont j'ai vraiment envie. »

QUATORZE

Je regardai de nouveau le menu.

Pourquoi êtes-vous ici ?

Avez-vous peur de la mort ?

Êtes-vous pleinement épanoui ?

Les questions me semblaient moins étranges que la première fois où j'avais parcouru le menu. En fait, elles avaient pris énormément d'importance.

Êtes-vous pleinement épanoui ?

« Même si tu découvres pourquoi tu es ici, tant que tu n'auras pas réellement commencé à agir en fonction de ta Raison d'Être, je ne pense pas que tu puisses être pleinement épanoui, me dis-je en moi-même.

— C'est loin d'être facile, pas vrai ? » demanda Casey.

Je levai les yeux. Elle était là, tendant la main vers mon verre d'eau.

« Non, en effet, lui dis-je. Je réfléchis à ma propre situation. Ce que je fais chaque jour, je sais bien le faire. Je suis payé pour ça. Que se passera-t-il si je me demande pourquoi je suis ici et si j'identifie ce que je veux faire, mais que je ne sais pas le faire ? Ou si je n'arrive pas à trouver un travail qui me permette de le faire ? Comment ferai-je, pour l'argent ? Comment gagnerai-je ma vie ? Comment épargner pour ma retraite ? Et si j'échoue dans ces nouvelles activités, quelles qu'elles soient ? Ou si les autres s'en moquent et ne les respectent pas ? »

Casey attendit que j'aie fini de parler.

« John, à votre avis, quand une personne parvient à identifier la véritable raison de sa présence ici, croyez-vous que cette découverte l'enthousiasme ?»

Avant de répondre, j'essayai d'imaginer l'effet que cela pouvait faire.

« J'espère que oui. Ça doit être absolument fantastique de découvrir la vraie raison de son existence.

— Pensez-vous qu'il soit aussi exaltant de faire des choses qui correspondent à votre raison d'être ? », me demanda Casey.

Je réfléchis de nouveau quelques instants. Les questions me semblaient trop faciles. « Il y a probablement quelque chose qui m'échappe », pensais-je en moi-même.

« Bien sûr, dis-je. Cela paraît logique, non ? Ces activités doivent être passionnantes pour la personne à qui elles correspondent.

— Qu'est-ce qui vous fait penser que cette personne pourrait échouer, alors ? »

Je la regardai. Avant que je ne puisse répondre, elle continua.

« Avez-vous déjà rencontré quelqu'un de complètement passionné par ce qu'il fait ? Quelqu'un qui a l'air de passer ses journées à faire quelque chose qu'il adore ? »

De nouveau, je suis resté silencieux quelques instants.

« Pas souvent. Mais je connais quelques personnes qui correspondent à cette description.

— Ils sont doués dans ce qu'ils font ? demanda Casey.

— Eh bien, oui, ai-je répondu d'un ton quelque peu sarcastique. Vu l'énergie qu'ils y consacrent, ils ont intérêt à être bons. Vous savez, ils passent leur temps libre à lire des articles sur leur activité favorite, ils regardent des émissions de TV qui en parlent, ils vont à des conférences sur le sujet... Avec tout ça, il est normal qu'ils excellent dans ce qu'ils font.

— Ils ne se lassent jamais de cette activité ? demanda Casey.

— Non. C'est comme s'ils n'en avaient jamais assez. On dirait que ça les recharge, cette activité, et... »

Je m'arrêtai au milieu de ma phrase. Casey me sourit.

« Ils ont du mal à trouver du travail, ces gens ? »

Je réfléchis de nouveau.

« Pas ceux que je connais, non. Ils sont tellement pointus dans leur domaine, cela les passionne à tel point que tout le monde vient leur demander des conseils ; tout le monde a envie que ces gens se joignent à eux.

— J'imagine que ces personnes sont plutôt positives et optimistes, reprit Casey. Elles n'ont sans doute pas besoin de partir en vacances pour *recharger leurs batteries.* »

Je laissai les remarques de Casey faire leur chemin en moi. C'était une façon intéressante de voir les choses. Quelle serait ma vie si je ne faisais que des activités qui me plaisent ? Si mes journées étaient centrées sur quelque chose qui me passionne ?

« Mais l'argent ? ai-je demandé. Ce n'est pas parce qu'on excelle dans un domaine ou qu'on en sait beaucoup sur un sujet en particulier que l'on vous paie en conséquence. Certes, on peut toujours trouver du travail, mais est-ce qu'on gagne bien sa vie ? »

Je me sentais assez fier d'avoir pensé à ça.

« Après tout, ai-je repris, il y a toutes sortes d'activités qu'on peut trouver épanouissantes, mais qui dit qu'elles rapportent ?

— Je vois, fit Casey. Dans ce cas, prenons le point de vue financier, et imaginons le pire scénario possible. Imaginons quelqu'un qui toute sa vie prend du plaisir à faire une activité qu'il a identifiée comme sa Raison d'Être, mais qui pourtant ne gagne pas beaucoup d'argent. Une vraie tragédie, dites-moi ! Imaginez les conséquences... Vous menez une vie épanouissante, en accord avec votre RDE. Vous faites chaque jour quelque chose que vous aimez, parce que vous avez découvert pourquoi vous êtes ici. Mais voilà... un jour, vous atteignez 65 ans, et vous n'avez pas assez économisé pour pouvoir partir à la retraite. Que faire ? s'exclama-t-elle d'une voix faussement dramatique. Je suppose que vous n'auriez plus qu'à continuer à faire ce que vous aimez. Quelle horreur. »

Je me mis à rire.

« Casey, vous pouvez être vraiment sarcastique quand vous le voulez. »

Elle me rendit mon sourire.

« Je veux juste être certaine que j'arrive à suivre votre raisonnement.

— J'ai compris, j'ai compris. On en revient à l'histoire de Mike avec le pêcheur. Pourquoi attendre pour faire ce qui nous tente quand on peut le faire maintenant.

— C'est ça, et autre chose aussi. Vous vous rappelez votre conversation avec Anne, à propos des raisons qui poussent les gens à consommer ?

— Oui, nous parlions du fait que certaines personnes ont besoin de gagner plus pour consommer plus. Elles espèrent s'épanouir grâce à ces achats, car ce qu'elles font chaque jour ne les satisfait pas. Mais le danger, c'est que plus elles achètent, plus elles ont besoin de travailler pour payer leurs achats. Et si elles n'y prennent pas garde, cela devient un cercle vicieux. »

Je m'interrompis. J'avais l'impression qu'il manquait un élément. Je regardai Casey, mais elle se contentait de me fixer droit dans les yeux.

« C'est lié au pire scénario imaginable, non ? » ai-je demandé.

Elle opina du chef. Je réfléchis un moment.

« J'imagine que si quelqu'un est confronté au pire scénario, il peut toujours choisir de faire autre chose. »

De nouveau, Casey se contenta de hocher la tête, alors je continuai.

« Mais ça, c'est le pire scénario. Il y en a forcément un meilleur. On peut tout à fait être payé très cher pour faire ce que l'on aime, tout en accomplissant sa Raison d'Être. »

Une fois encore, Casey fit un signe de tête approbateur.

Je savais que je n'avais pas encore trouvé la pièce manquante à ma réflexion, quelle qu'elle soit. Je me redressai sur la banquette et j'avalai une gorgée d'eau. J'étais sur le point de réclamer un indice quand, d'un seul coup, j'eus une idée.

« L'argent prend moins d'importance, peut-être ? Cela dépend probablement des gens et des circonstances, mais en repensant à ma conversation avec Anne, je me rappelle m'être demandé ce qui peut bien pousser les gens à travailler. Nous en étions arrivés à la conclusion qu'une des raisons pour lesquelles nous travaillons est la quête de l'épanouissement.

— Vous pourriez me donner un exemple ? demanda Casey.

— Eh bien, la raison pour laquelle je travaille, c'est l'argent, ai-je répondu. J'ai besoin d'argent pour payer ce que j'achète. Quand je pense à tout ce que j'achète, je me dis que je suis un peu comme ces gens dont nous parlions avec Anne. Beaucoup des objets que je possède sont uniquement destinés à m'évader ou à me détendre, ou à me sentir mieux chez moi.

« Quand je pense à tous ces objets, je me demande lesquels je garderais si je n'avais pas tant besoin de m'évader et de me détendre. Si mon travail me plaisait vraiment, je n'aurais pas besoin d'évasion, et si je stressais moins, j'aurais moins besoin de me calmer... Je ne dis pas que j'irais vivre dans une cabane perdue au fond des bois, mais je me demande si la définition de "beaucoup d'argent" ne varie pas en fonction de notre capacité à vivre une vie qui corresponde à notre Raison d'Être. »

Casey hocha la tête de nouveau.

« Êtes-vous en train de suggérer que les gens devraient cesser de vouloir davantage d'argent ?

— Non, ai-je répondu en essayant de trouver les mots pour lui exposer ma pensée. Ce n'est pas ce que je veux dire. Je dis simplement qu'en ce qui me concerne, je pense que si j'avais découvert pourquoi je suis ici, et si je me consacrais à des activités en rapport avec ma Raison d'Être, je serais probablement moins préoccupé par l'argent que je ne le suis actuellement. C'est tout ce que j'essaie de dire. »

Casey se leva. En souriant, elle ramassa deux de mes assiettes vides.

« Très intéressant, John. »

Je l'observai tandis qu'elle retournait à la cuisine.

« C'est cet endroit qui est intéressant. »

QUINZE

À son retour, Casey me resservit un verre d'eau avant de s'asseoir en face de moi.

« John, quand j'ai rapporté vos plats à la cuisine, Mike m'a fait penser à quelque chose qui pourrait vous intéresser. Cela concerne notre discussion sur les difficultés que l'on peut rencontrer en essayant de vivre selon sa Raison d'Être.

— Vous faites allusion à ma question sur la façon de gagner de l'argent ?

— Oui, en partie, mais il y a autre chose. »

Je regardai Casey.

« Je vous écoute.

— Pour que vous compreniez bien, commença-t-elle, je vais vous demander de penser à ces gens dont nous avons discuté ensemble.

— Vous voulez parler de ces gens autour de moi qui sont passionnés par ce qu'ils font ? Ceux pour qui chaque journée est l'occasion de faire ce qu'ils aiment vraiment ?

— Oui, ces gens-là. Avez-vous jamais remarqué quoi que ce soit de spécial à leur sujet ?

— Eh bien, il y avait cette femme qui travaillait dans la vente à... »

Casey m'interrompit.

« En fait, John, je vais vous demander de réfléchir de manière plus globale, pas de penser à ce qu'ils font individuellement. Qu'avez-vous remarqué à leur sujet, dans l'ensemble ? »

Je me renfonçai sur la banquette et je fermai les yeux brièvement. J'ai pensé aux gens dont il était question. Je pouvais presque les voir en esprit.

« Comme je vous le disais, ils ont tous l'air profondément heureux. Ils semblent prendre beaucoup de plaisir à ce qu'ils font, et ils ont vraiment confiance en eux. Ce n'est pas qu'ils se vantent, non, ils ont réellement l'air de savoir que les choses vont se dérouler comme ils le souhaitent.

« Cela va vous paraître étrange, mais une autre de leurs caractéristiques, c'est qu'ils sont tous très chanceux. Ils ont des coups de pot, les choses s'arrangent toujours pour eux de manière totalement inespérée.

— Vous pourriez me donner un exemple ? demanda Casey.

— Je pense à une femme en particulier. Elle travaille dans la publicité, ce qui peut paraître un peu étrange après ma conversation avec Anne. Quoi qu'il en soit, à une époque elle essayait de remporter un gros contrat. Je ne me rappelle même plus de quoi il s'agissait exactement, mais en tout cas c'était un client important, et plusieurs personnes avaient essayé sans succès d'obtenir ce contrat.

« Elle a donc décidé qu'elle l'aurait. Elle travaillait sur sa présentation depuis deux semaines quand elle reçut un coup de fil d'une de ses vieilles amies d'université. Les deux femmes, qui ne s'étaient pas parlé depuis très longtemps, se sont mises à se raconter leurs vies. La conversation dériva vers le travail, et mon amie mentionna ce gros contrat qu'elle essayait d'obtenir. Il s'est alors avéré que son amie d'université avait une autre amie, laquelle travaillait justement dans l'entreprise en question.

« Il a suffi de quelques coups de fil pour que toutes les trois se retrouvent pour dîner. Et bien entendu, quelques semaines plus tard, mon amie remporta le contrat. C'est ce que je veux dire quand je parle de choses inespérées. Ces gens ont tout simplement beaucoup de chance.

— Et pourquoi donc, à votre avis, John ? » demanda Casey.

Je bus un peu d'eau.

« Je ne sais pas exactement. Ce ne sont peut-être que de simples coïncidences. Mais c'est drôle que vous m'ayez demandé de penser à des gens qui apprécient vraiment ce qu'ils font, car justement, on dirait que leurs activités s'harmonisent totalement avec leur RDE, et ce genre de coup de chance semble leur arriver continuellement. »

Casey sourit en me regardant.

« Ça n'arrive qu'à eux ? Ça ne vous est jamais arrivé à vous ? »

Je me renfonçai de nouveau dans mon siège.

« Si, j'imagine. Je ne trouve pas d'exemple à vous donner comme ça, à brûle-pourpoint, mais je me rappelle avoir été étonné de voir un évènement se produire juste au moment où j'en avais besoin.

— John, si vous parveniez à vous souvenir de ces moments-là, je suis sûre que vous découvririez qu'ils ont tous quelque chose en commun.

— Voulez-vous dire qu'à ces moments-là, j'étais justement en train de faire quelque chose qui me plaisait ? » ai-je demandé.

En prononçant ces mots, j'eus la sensation d'un frisson qui me traversait. C'était la même impression que plus tôt dans la soirée, lorsqu'il m'avait semblé que j'apprenais quelque chose d'important sur moi-même.

« Je ne peux pas répondre à votre place, John, mais je remarque bien des choses chez les clients depuis que je travaille dans ce café. Les gens qui connaissent leur RDE et qui cherchent les moyens de l'accomplir semblent toujours avoir beaucoup de chance. Des évènements inattendus paraissent se produire complètement par hasard, juste quand ils en ont le plus besoin. J'en ai interrogé certains à ce propos. Tous admettent l'existence de ce phénomène, mais ils ne sont pas d'accord sur son origine. Honnêtement, la plupart d'entre eux ne tiennent pas particulièrement à savoir d'où cela vient. Ils savent que cela se produit lorsqu'ils accomplissent leur RDE, et ils le voient comme un élément parmi d'autres dans le fonctionnement global des choses.

— Étrange, ai-je répondu. C'est presque mystique, même.

— Certains le disent, oui. D'autres voient ce phénomène comme faisant partie du mouvement naturel de l'univers, ou comme l'intervention d'une puissance supérieure. Pour d'autres encore, c'est juste un coup de chance. Mais tous s'accordent à dire que ce phénomène existe, et qu'il joue un rôle dans leurs activités.

— Et vous, Casey, qu'en pensez-vous ? »

Cette fois, c'est elle qui dut s'arrêter pour réfléchir un moment.

« Franchement, je n'en sais rien. Je pense que toutes ces explications sont valables, et j'en ai même une de plus. Vous avez déjà entendu parler de la théorie des nombres exponentiels ?

— Je ne crois pas. Vous pourriez me l'expliquer ?

— Bien sûr. C'est très simple, en réalité. Je vais vous donner un exemple. La théorie des nombres exponentiels, c'est le fait que lorsque vous dites quelque chose à quelqu'un et que vous lui demandez de le raconter à d'autres, ces derniers vont le raconter à davantage de personnes, et votre message atteindra rapidement bien plus de monde que ceux à qui vous avez parlé personnellement.

— Un peu comme de transférer un e-mail, quand on l'envoie à dix personnes qui, à leur tour, vont l'envoyer chacune à dix autres personnes, comme une chaîne ?

— Exactement. Le concept est le même. Mais cette fois, imaginez que vous parlez à ces gens de quelque chose que vous essayez de faire pour accomplir votre Raison d'Être. Si vous en parlez à dix personnes qui, à leur tour, vont le mentionner chacune à dix personnes, vous allez vite vous retrouver avec plein de gens prêts à vous aider. »

Je réfléchis un moment.

« Pourquoi auraient-ils envie de m'aider ? Qu'est-ce qui motiverait ces gens à aller parler à d'autres de ce que j'essaye de faire ? »

Casey me regarda sans rien dire. J'eus le sentiment qu'une fois de plus, c'était à moi de trouver la réponse à ma propre question. Je réfléchis à notre conversation, et à la façon dont nous en étions arrivés à parler des nombres exponentiels. La solution se faisait attendre.

« Je ne trouve pas, Casey. Vous n'auriez pas un indice à me donner ?

— John, rappelez-vous ces gens dont nous parlions au début, ceux qui travaillent pour accomplir leur RDE. Comment sont vos rapports avec eux ?

— Très agréables. Leur passion, leur enthousiasme sont contagieux, et on ne peut pas s'empêcher de vouloir les aider. »

Je m'interrompis quelques secondes.

« Ah non, Casey, vous n'êtes pas en train de me dire que c'est ça, la réponse ? En quoi cela s'applique-t-il à la transmission du message ?

— John, vous venez de dire que leur passion et leur enthousiasme vous donnent envie de les aider. Si vous n'étiez pas en mesure de le faire, mais que vous connaissiez des gens qui peuvent leur donner un coup de main, les contacteriez-vous ?

— Bien sûr. On est comme poussé à le faire, parce qu'ils ont l'air vraiment... »

Je m'interrompis, cherchant le mot juste.

« ... sur la bonne voie ? proposa Casey.

— Oui, quelque chose comme ça. Ils ont tellement l'air sur la bonne voie qu'on a envie de les encourager.

— Et de quelle manière parlez-vous d'eux à ceux qui pourraient potentiellement les aider, alors ? » demanda Casey.

Je souris, à la fois pour Casey, et à la fois pour moi-même.

« J'en parle avec un peu de la passion et de l'enthousiasme dont ils ont fait preuve en m'exposant leur projet, ai-je répondu. C'est contagieux, comme si l'émotion initiale continuait à faire partie du projet ou de leur histoire.

— Peut-être que c'est ça, votre réponse », dit Casey.

Elle se leva et se mit à rassembler les assiettes éparpillées sur la table.

« Vous m'impressionnez, John, commenta-t-elle, des assiettes vides plein les bras. Vous deviez être affamé.

— C'est la nourriture, ai-je répondu. C'était trop bon pour en laisser. »

En jetant un œil vers la cuisine, j'aperçus Mike. Il me fit un signe de la main et je répondis, un peu moins gêné cette fois par ce nouveau concept du restaurant où l'on salue le cuisinier en lui faisant de grands signes.

« Casey, j'imagine qu'il ne reste plus de tarte fraise-rhubarbe, si ? »

Elle se mit à rire.

« Je vais voir en cuisine si je peux faire quelque chose. »

SEIZE

Quelques minutes plus tard, Mike avait rejoint ma table. Il tenait à la main une assiette sur laquelle trônait une part de tarte suffisante pour quatre personnes.

« Une portion de tarte fraise-rhubarbe ? proposa-t-il.

— Mike, il y a la moitié d'une tarte dans cette assiette. Je ne suis pas sûr de pouvoir tout manger. »

Il posa une serviette de table et une fourchette propres sur la table, à côté de mon assiette. « Prenez votre temps, rien ne presse. Comment s'est passée votre conversation avec Casey ? »

J'avais déjà englouti une grosse portion de tarte et j'étais occupé à la mâcher. Je la fis passer avec une gorgée d'eau.

« C'était intéressant. Très intéressant. Nous avons évoqué ces personnes qui semblent avoir répondu à la version modifiée de votre question », expliquai-je en montrant le menu.

L'espace d'un instant, les mots sur le menu se sont transformés en *Pourquoi suis-je ici ?* avant de lentement redevenir *Pourquoi êtes-vous ici ?*. Sans même prendre la peine de mentionner le changement, je repris la parole.

« Oui, cette question-là. Et les gens qui y répondent semblent avoir des points communs : ils savent pourquoi ils sont là, ils ont identifié les activités qui vont leur permettre d'accomplir leur Raison d'Être, et ils ont confiance en leurs capacités à les réaliser. Et quand ils passent à l'action, tout se combine comme par miracle pour qu'ils puissent réussir. Casey m'a expliqué certaines des théories qui existent à ce sujet.

— Il y a beaucoup d'hypothèses là-dessus, et depuis longtemps, dit Mike avec un large sourire. Cela remonte probablement aux premiers philosophes.

— Mais pourtant, Mike, quelque chose m'échappe. Pourquoi ne partons-nous pas tous à la recherche de notre Raison d'Être ? Qu'est-ce qui nous retient ? Avant que vous ne me répondiez, je dois vous dire que je sais bien qu'il faudrait que je me pose la question moi-même, c'est ce que j'étais en train de faire quand vous m'avez rejoint. Mais je me demande s'il y a une raison supérieure, plus générale, à laquelle je n'aurais pas pensé moi-même. »

Mike avala une gorgée de la boisson contenue dans la tasse qu'il tenait à la main, puis il la posa sur la table en s'asseyant face à moi.

« Il est certain que chacun a ses propres raisons, dit-il. Elles nous concernent à titre personnel, et nous devons les régler nous-mêmes en fonction de notre situation individuelle. Mais il semble qu'il existe aussi des raisons plus globales.

— Par exemple ?

— Eh bien, pour beaucoup de gens, c'est parce qu'ils n'ont jamais entendu parler du concept de Raison d'Être, tout simplement. D'autres personnes comprennent le concept, mais ne sont pas certaines d'avoir une Raison d'Être. Et puis il y a les gens qui ne s'autorisent pas à vivre en accord avec leur Raison d'Être, que ce soit à cause de leur éducation, de leur milieu social voire de leur religion, parfois. Ils estiment qu'ils n'en ont pas le droit.

« Et même les gens qui pensent avoir une Raison d'Être et qui s'autorisent à l'accomplir peuvent parfois avoir l'impression que tout ceci n'est pas aussi simple qu'il y paraît.

« Ce qui nous ramène à ce dont vous parliez avec Anne. Beaucoup de gens gagnent leur vie ou leur pouvoir sur les autres en les persuadant qu'ils détiennent la clé de l'épanouissement, à titre personnel ou à travers les objets et services qu'ils proposent. Imaginez le défi qu'ils auraient à relever si tout le monde se rendait compte qu'en réalité nous sommes seuls maîtres de notre degré d'épanouissement personnel. Ces gens qui essaient de convaincre les autres perdraient tout leur pouvoir. Et pour ce genre de personne, perdre son pouvoir sur les autres est une catastrophe.

— Cela me rappelle une de nos conversations avec Casey, lui ai-je répondu. Elle m'a aidé à comprendre qu'une fois que quelqu'un connaît sa RDE, il peut faire ce qu'il veut, devenir qui il veut. Il n'a besoin de l'accord ou de la permission de personne.

— C'est exact. De plus, personne ne peut empêcher qui que ce soit de faire ce qu'il veut de sa vie, qu'il s'agisse de la réussir ou de la rater. Chacun d'entre nous est aux commandes de sa propre destinée. »

Je réfléchis à cette idée, et à mes conversations précédentes avec Anne et Casey.

« Ce que vous décrivez est très différent des messages que je reçois dans ma vie de tous les jours, Mike. Je comprends à présent pourquoi il est si difficile pour les gens ne serait-ce que d'accéder au concept de Raison d'Être ou à l'idée qu'ils puissent contrôler leur destinée, sans parler de passer à l'étape supérieure et d'en faire un style de vie.

— Tout à fait, répondit Mike. Mais ce n'est pas impossible. En réalité, il y a quelques semaines, un client nous a raconté une histoire très intéressante, à Casey et à moi. Elle explique comment il a appris à prendre le contrôle de son destin. Je peux vous la raconter, si elle vous intéresse.

— Avec plaisir. Est-ce que ça parle encore de pêcheurs ?

— Pas cette fois-ci, non, fit Mike en riant, mais cela tourne tout de même autour du sport. Il s'agit d'un type qui, pendant des années, a fait un rêve récurrent dans lequel il se retrouvait face à un coup très difficile au golf. Il nous a expliqué que, même éveillé, il n'était pas doué pour le golf, alors se retrouver face à un tel défi pendant son sommeil était pour lui une gageure. Dans son rêve, la balle qu'il devait frapper se trouvait toujours sur un appui de fenêtre, ou posée sur une grosse pierre au beau milieu d'une pente, bref dans un endroit à la fois ridicule et inaccessible.

« Il essayait vraiment de faire de son mieux, plantant ses pieds de chaque côté de la balle pour réussir son swing, mais il ne parvenait jamais à trouver la bonne position ; il savait dès le début que le coup serait mauvais. Plus il s'entraînait, plus il s'énervait, et plus il stressait.

« Arrivé au maximum de la frustration, il finissait par se sentir prêt à frapper la balle.

Mais alors qu'il prenait son élan, la balle changeait de position et il se retrouvait face à un nouveau défi, tout aussi difficile que le précédent. Il devait alors subir une nouvelle montée de stress et d'angoisse. Ce cycle se répétait sans cesse jusqu'à ce qu'il se réveille en sursaut, le cœur battant, le corps rongé par le stress.

« Une nuit qu'il refaisait ce rêve, au moment où il atteignait son degré maximum de frustration, il prit soudain conscience qu'il pouvait tout à fait ramasser la balle et la poser ailleurs. Il n'y avait aucun enjeu, et personne à part lui ne se souciait de l'endroit d'où il frappait la balle.

« Il raconte qu'il s'est réveillé avec le sentiment très fort d'avoir fait une découverte majeure, d'avoir pris conscience de quelque chose d'évident, certes, mais qui auparavant lui avait complètement échappé. En terminant notre conversation, il me déclara : « malgré l'opinion publique, malgré la publicité, malgré la sensation de stress au travail, nous gardons le contrôle sur chaque instant de nos vies. Je l'avais oublié, et j'essayais de me conformer à toutes sortes d'influences ; en réalité, j'étais en train de les laisser prendre le contrôle de ma vie. Tout comme personne d'autre que moi ne se souciait d'où je frappais la balle, dans la vie, vous êtes le seul à savoir vraiment ce que vous attendez de l'existence. Ne laissez jamais les êtres ou les choses vous pousser jusqu'au point où vous sentez que vous n'avez plus le contrôle de votre propre destinée. Choisissez vous-même votre voie, ou quelqu'un la choisira pour vous. Prenez la balle de golf et déplacez-la ! »

En terminant son histoire, Mike me lança un regard.

« Vous voyez bien : pas de pêcheurs.

— Non, pas de pêcheurs en effet, mais une très bonne histoire malgré tout ! J'aime le message qu'elle véhicule.

— L'homme qui me l'a racontée aussi. Il affirme que le message contenu dans le rêve a changé sa vie. À partir de ce moment-là, il a compris qu'il était responsable du choix de sa destinée. À présent, lorsqu'il ne sait pas réagir face à une situation, il se contente de se dire qu'il faut déplacer la balle de golf. Il dit même qu'il lui suffit de prononcer ces mots pour se souvenir de ne pas avoir peur, et faire simplement ce dont il a envie. »

DIX-SEPT

Je jetai un coup d'œil à ma montre. Il était 5 h 15 du matin.

« Je n'arrive pas à y croire », ai-je dit avec étonnement. C'est presque l'heure de commander un nouveau petit déjeuner. »

Mike sourit.

« Vous feriez peut-être mieux de commencer par finir votre tarte.

— Avec plaisir », ai-je répondu en engloutissant une nouvelle bouchée. Je terminai de la mâcher et fis passer le tout avec une gorgée d'eau.

« Mike, il y a quelque chose dont je ne suis pas encore sûr. J'en ai parlé avec vous et avec Casey, mais je n'ai pas trouvé la réponse. »

Mike sourit de nouveau.

« Allez-y, posez votre question. À moins qu'il ne s'agisse de la recette de la tarte. C'est l'une des rares informations que nous ne divulguons pas, ici. La recette me vient de ma mère, et je lui ai promis de la garder secrète.

— Je comprends, ai-je répondu avec un grand sourire. Mais heureusement, ce n'est pas ça que je cherche. Nous avons parlé ensemble des gens qui se demandent *Pourquoi suis-je ici ?*, et avec Casey nous avons discuté des conséquences de cette question, et de ce que font les gens une fois qu'ils ont la réponse. Ce que je ne sais toujours pas, c'est...

— C'est comment trouver la réponse, dit Mike.

— Exactement.

— Là, je crois qu'il vaut mieux que j'aille chercher Casey. Nous saurons probablement mieux vous répondre à deux qu'individuellement. »

Mike se leva de table pour se diriger vers l'autre bout du restaurant, où Casey était assise et discutait avec Anne et son ami. Je me suis demandé s'ils parlaient des mêmes sujets qu'avec moi.

Quelques instants plus tard, Casey se leva à son tour. Elle vint vers moi en compagnie de Mike.

« Alors, cette tarte ? » demanda-t-elle tandis qu'ils prenaient tous deux place à ma table.

— Excellente, ai-je répondu avec un sourire. Je n'ai presque plus faim.

— Casey, John se demandait comment on trouve la réponse à la première question, dit Mike en montrant du doigt la phrase *Pourquoi êtes-vous ici ?* qui se transformait en *Pourquoi suis-je ici ?* sur le menu. Je me suis dit que nous pourrions essayer de lui répondre à deux. »

Casey fit signe que oui, puis elle me regarda droit dans les yeux. D'une voix grave, elle me demanda :

« Avez-vous une boîte aux lettres, John ?

— Oui, bien sûr.

— Très bien. Lors de la première pleine lune du septième jour du mois qui suivra celui où vous aurez posé la question, un paquet arrivera dans votre boîte aux lettres. Dans ce paquet, il y aura un document qui, tenu au-dessus d'une bougie, révélera un message secret en provenance de ceux qui ont la réponse. Ce message ne pourra être lu qu'une seule fois dans votre vie, et uniquement à la lueur d'une bougie, le septième jour du mois. »

Je cessai de boire, et je me penchai vers elle pour mieux entendre le reste de ce qu'elle avait à dire.

« Quand vous ouvrirez le paquet, vous saurez que c'est le bon, car il sera noué d'un ruban rouge, fermé par un double nœud, avec la... »

À cet instant, je remarquai que la table remuait – en fait, on aurait dit qu'elle vibrait. Je me renfonçai dans mon siège.

« Qu'est-ce qui se passe, Casey ? ai-je demandé, surpris. La table... »

Casey continua sans avoir l'air de remarquer que la table bougeait.

« ...avec la grande boucle au moins deux fois plus large que la petite, placée en haut et à gauche du paquet. »

Je jetai un regard à Mike. À ma grande surprise, je constatai, un peu gêné, que les mouvements de la table ne provenaient pas de l'autre monde, comme je commençais à le croire, mais de Mike. Il avait été pris d'un fou rire en écoutant Casey, et pour le contenir, il avait mis la main devant sa bouche en se penchant sur la table. Il riait si fort que tout son corps tremblait, ce qui causait les vibrations de la table.

Je me mis à rire. Casey se retourna vers Mike pour lui donner un petit coup de poing amical sur l'épaule.

« Tu n'es pas terrible, comme complice, lui reprocha-t-elle gentiment.

— Je suis désolé, dit Mike. Tu étais tellement convaincante que je n'ai pas pu me retenir.

— C'est vrai, admit Casey, je me suis peut-être un peu trop laissée emporter par mon imagination en répondant à votre question, John.

— Un peu ? Tu parles, fit Mike. C'était une belle invention, ton histoire. Noué par un double nœud, avec... »

Mike termina son imitation de Casey, et nous nous mîmes tous à rire.

« Vous êtes une bonne conteuse, Casey, l'ai-je félicitée. Mais j'ai bien peur que vous n'ayez toujours pas répondu à ma question.

— Je voulais faire un peu d'humour, dit-elle en souriant, et vous démontrer quelque chose, aussi. Certaines personnes posent la question, elles aimeraient bien connaître la réponse, mais elles préféreraient que cette réponse leur parvienne toute faite et sans effort.

— Dans un paquet qui arrive le sept, ai-je ajouté avec un sourire.

— Exactement, le sept. Mais en réalité, de la même façon que nous sommes libres de décider de ce que nous voulons faire une fois que nous avons la réponse, c'est également à nous de la trouver, cette réponse. C'est notre responsabilité.

— Vous êtes en train de me dire qu'on ne peut pas faire le premier pas, puis rester là à attendre que ça tombe, c'est ça ? Si l'on veut vraiment connaître la raison pour laquelle on est là, il faut trouver la réponse par soi-même.

— Exactement, dit Mike. Et les gens la cherchent de toutes sortes de manières. Certains méditent, d'autres écoutent leur musique favorite en suivant les chemins où leur esprit les emmène. Beaucoup prennent le temps d'aller seuls dans la nature, d'autres en parlent avec leurs amis ou des inconnus. Certains encore sont guidés vers la réponse à travers des histoires ou des idées découvertes au fil de leurs lectures.

— Pourriez-vous me dire ce qui marche le mieux ? ai-je demandé.

— Cela dépend vraiment de la personne, John, dit Casey en se tournant vers moi. Le plus important, c'est de ne pas oublier que c'est *nous* qui déterminons individuellement notre propre réponse. C'est pour cela que beaucoup de gens ont besoin d'être seuls pour partir à sa recherche.

— Je peux le comprendre, dis-je. C'est difficile de se concentrer quand on est bombardé d'informations et de messages de toutes parts.

— En effet, dit Mike. Les gens qui prennent le temps de méditer ou de se retrouver seuls dans la nature essaient en réalité d'échapper aux “bruits” extérieurs, pour pouvoir se concentrer sur leurs véritables pensées.

— Et cela suffit ? ai-je demandé.

— Pas totalement, répondit Casey. John, vous rappelez-vous que nous avons mentionné l'intérêt de se confronter à d'autres idées, à des cultures, à des opinions et à des personnes différentes ?

— Bien sûr, nous parlions de trouver les moyens pour accomplir sa Raison d'Être.

— Exactement, répondit Casey. Cela s'applique également à la manière dont on peut découvrir sa RDE. Certains réalisent qu'en faisant de nouvelles expériences, en s'exposant à des idées nouvelles, celles-ci résonnent en eux, comme un écho. Beaucoup de gens éprouvent même une réaction physique. Ils ont des frissons, une secousse le long de la colonne vertébrale, ou des larmes de joie en découvrant quelque chose qui leur parle au plus profond. Pour d'autres, c'est un sentiment de déjà-vu qui les envahit. Tous ces éléments constituent des indices qui nous aident à répondre à la question *Pourquoi suis-je ici ?*.

— Je vois ce dont vous parlez, ai-je affirmé en souriant. Cela m'est déjà arrivé en lisant ou en écoutant quelque chose ; j'avais soudain la sensation que c'était exactement ce dont j'avais besoin. En réalité, je dois dire que j'ai ressenti cela plusieurs fois ici ce soir.

— Avons-nous répondu à votre question, John ? demanda Casey en me rendant mon sourire.

— Je crois que oui. Si je vous comprends bien, la solution n'est pas la même pour tout le monde, mais se mettre dans une situation où l'on peut se concentrer sur la question est une manière de trouver la réponse. Se confronter à des idées et à des expériences nouvelles et voir ce qu'elles provoquent en nous en est une autre.

— Vous avez tout compris », dit Mike.

Casey se leva.

« Je vais aller voir comment se portent nos autres clients. Avez-vous besoin d'autre chose, John ?

— Non, je ne crois pas, Casey. Merci. Mais si je reçois un paquet que je n'attendais pas, noué d'un ruban rouge, et livré le jour de la pleine lune... là, j'aurai sans doute quelques questions. »

Elle fit un clin d'œil à Mike et se mit à rire.

« Pas de problème. Prévenez-nous. »

DIX-HUIT

« John, où alliez-vous quand vous vous êtes arrêté ici ? demanda Mike alors que Casey s'éloignait.

— Je partais en vacances. J'avais besoin de passer du temps loin de tout et de réfléchir, même si je ne savais pas vraiment à quoi. Je dois dire que pendant les dernières... – je jetai un regard à ma montre – pendant ces huit dernières heures, j'ai fait provision d'un tas d'idées intéressantes. Puis-je vous poser une question personnelle, Mike ?

— Bien sûr. De quoi s'agit-il ? »

Je le dévisageai.

« Qu'est-ce qui vous a poussé à vous poser la question écrite sur le menu ? »

Mike se rassit. Un sourire est lentement venu illuminer son visage.

« Qu'est-ce qui vous fait penser que je me la suis posée ?

— Vous, votre attitude, ce lieu. Je n'en suis pas certain, mais j'ai le sentiment que vous faites exactement ce que vous avez envie de faire. J'imagine que vous vous êtes posé la question à un moment, et que ce café en est le résultat. »

Mike sourit de nouveau avant d'avaler une gorgée de sa boisson.

« Ma vie était plutôt agitée, il y a quelques années. J'étudiais la nuit, je travaillais à plein temps le jour, et chaque moment libre était consacré à l'entraînement, car je voulais devenir athlète professionnel. Pendant deux ans et demi, j'ai planifié chaque minute de ma vie ou presque.

« Une fois mon diplôme en poche, j'ai démissionné pour prendre des vacances d'été, car j'avais déniché un autre boulot qui commençait début septembre. Avec un de mes copains, nous avons décidé de descendre au Costa Rica pour fêter nos diplômes respectifs. Lui aussi venait de terminer ses études.

« Nous avons passé des semaines à parcourir le pays, à nous balader dans des forêts tropicales, à admirer la faune sauvage, et à nous immerger dans une culture nouvelle. Je me souviens d'un jour où nous étions assis sur un tronc d'arbre, en train de déguster des mangues fraîches en contemplant les vagues qui venaient s'écraser sur une plage d'une beauté extraordinaire. Nous avions passé l'après-midi à faire du surf dans une mer à 29 °C, et nous nous reposions en regardant le ciel passer du bleu vif au rose, puis à l'orange et au rouge au fur et à mesure que le soleil se couchait.

— Cela devait être spectaculaire, Mike.

— En effet. Et je me souviens qu'en contemplant cette scène magnifique, j'ai réalisé que j'avais passé les deux dernières années et demi à planifier chaque instant de ma vie, alors que pendant ce temps cette scène se rejouait ici, jour après jour. Le paradis n'était qu'à quelques heures d'avion, au bout d'une piste de terre battue, et pourtant, jusqu'à ce jour, j'ignorais tout de son existence. J'ai réalisé qu'il existait, et pas seulement depuis deux ans et demi ; non, cela faisait des millions, voire des billions d'années que le soleil se levait sur cette plage et que les vagues venaient s'y écraser.

« Au fur et à mesure que cette prise de conscience m'envahissait, je me suis senti tout petit. Mes problèmes, toutes les choses qui m'avaient stressé, mes inquiétudes pour l'avenir, tout cela semblait totalement dénué d'importance. Je savais que quoi que je fasse ou que je ne fasse pas dans ma vie, que mes décisions soient justes, fausses, ou quelque part entre les deux, tout ceci continuerait bien après ma mort.

« Je suis resté assis là, face à l'incroyable beauté de cette nature majestueuse, et j'ai réalisé que ma vie était un morceau infinitésimal de quelque chose de beaucoup plus vaste. C'est là que l'idée m'a frappé : *Pourquoi suis-je ici ?* Si tout ce à quoi j'accordais tant d'importance n'en a pas, alors qu'est-ce qui compte vraiment ? Quelle est ma raison d'exister ? *Pourquoi suis-je ici ?*

« Une fois que j'ai eu ces questions en tête, je suis passé par une étape comparable à ce que Casey vous a décrit. Elles sont restées dans mon esprit jusqu'à ce que je trouve les réponses. »

Je me redressai sur ma banquette. Sans m'en rendre compte, je m'étais penché vers Mike pour saisir chaque mot de son histoire au fur et à mesure qu'il la racontait.

« Merci, Mike. Votre histoire est fantastique.

— C'est la vie qui est une histoire fantastique, John. Mais certaines personnes ne se rendent pas compte qu'elles sont l'auteur de leur vie, et qu'elles peuvent écrire leur histoire de toutes les manières qu'elles souhaitent. »

Mike se leva.

« Je vais aller nettoyer un peu la cuisine. Vous avez besoin d'autre chose, John ?

— Non, je crois que je ne vais pas tarder à reprendre la route. À ce propos, j'étais complètement perdu quand je suis tombé sur ce café. Je ne sais pas vraiment dans quelle direction repartir.

Mike sourit.

« Eh bien, cela dépend de là où vous voulez aller. »

Il allait ajouter quelque chose mais il se tut, comme s'il avait changé d'avis. Quand il reprit la parole, il était de toute évidence passé à un autre sujet.

« En continuant sur cette route pendant quelques kilomètres, vous allez tomber sur une intersection. Prenez à droite, cela vous ramènera à l'autoroute. Il y a une station-service juste avant la bretelle d'accès. Vous avez assez d'essence pour arriver jusque-là. »

J'ignorais comment il savait que j'avais suffisamment d'essence pour atteindre la station-service, mais quelque chose me disait qu'il avait raison. Je me levai et je lui tendis la main.

« Merci, Mike. C'est un lieu très spécial que vous avez là. »

Il prit ma main et la serra dans la sienne.

« Vous êtes le bienvenu, John. Bonne chance pour votre voyage. »

Sur ce, il s'éloigna en direction de la cuisine.

DIX-NEUF

Je regardai le menu.

Pourquoi êtes-vous ici ?

Avez-vous peur de la mort ?

Êtes-vous pleinement épanoui ?

Ces questions avaient un sens profond. Si quelqu'un me les avait posées la veille, j'aurais trouvé cette personne un peu bizarre. Mais à présent, en les lisant au dos de ce menu, je ne pouvais pas imaginer ne jamais me les être posées.

Casey rejoignit ma table pour m'apporter l'addition. Elle me donna une boîte en plastique.

« C'est la dernière part de tarte rhubarbe-fraise. Un cadeau d'adieu de la part de Mike. Et ça, c'est de ma part. »

Elle me tendit un menu. Sur la page de garde, sous les mots *Le Café du bout du monde*, elle m'avait écrit un message. Je le lus une première fois, puis une seconde.

« Un petit quelque chose pour vous souvenir de nous, dit-elle en souriant.

— Merci, Casey. Merci pour tout.

— Avec plaisir, John. Nous sommes là pour ça. »

Je laissai de l'argent sur la table, je pris le menu et la boîte en plastique avec la tarte, et je sortis du café, prêt pour ce jour tout neuf qui s'annonçait.

Le soleil venait juste de se lever au-dessus de la cime des arbres dans le champ face au parking. L'air conservait encore les vestiges du calme qui précède l'arrivée du jour, mais les sons d'un jour nouveau y résonnaient déjà.

Je me sentais vivant et plein d'énergie. Je fis passer la boîte en plastique de ma main droite à ma main gauche et j'ouvris la portière de la voiture.

« Pourquoi suis-je ici ? » me suis-je demandé. *Pourquoi suis-je ici... ?*

Décidément, c'était un nouveau jour qui se levait.

ÉPILOGUE

Après ma nuit au café, des choses ont changé dans ma vie. Tout ne s'est pas modifié en un éclair, loin de là, mais des changements se sont produits, qui ont peu à peu impacté mon existence.

Tout comme pour Anne, cela a pris du temps. J'ai quitté le café en me demandant *Pourquoi suis-je ici ?* et j'ai continué à réfléchir à cette question pendant le reste de mes vacances. Les réponses ont mis longtemps à venir. J'ai appris que pour trouver ma Raison d'Être, ou RDE comme dit Casey, il ne suffit pas de passer une semaine de vacances à y réfléchir et de reprendre le cours normal de sa vie. Comme toute chose qui en vaut la peine, découvrir la réponse requiert des efforts.

C'est en associant les méthodes apprises auprès d'Anne et de Casey que j'ai fini par y arriver. J'ai commencé par consacrer un peu de temps chaque jour à faire quelque chose qui me plaisait, suivant en cela la technique enseignée par Anne. Ensuite, j'ai essayé de tirer parti des occasions dont parlait Casey, et j'ai recherché toutes les opportunités d'apprendre ou d'expérimenter des choses nouvelles. Cela m'a permis d'élargir mon horizon, et d'avoir plus de choix qu'au début de mon voyage en ce qui concerne mes potentielles raisons d'exister.

Ma RDE et les moyens de l'accomplir ont fini par se clarifier. Paradoxalement, cela s'est produit au moment où j'étais confronté au défi le plus insurmontable de mon existence. Quand on se retrouve face à deux possibilités, dont l'une est de vivre en accord avec sa Raison d'Être, et l'autre simplement de vivre, on pourrait croire que la décision est facile à prendre.

C'est faux.

Au fil du temps, j'ai constaté que c'est à cette étape que la plupart des gens abandonnent. Ils jettent un œil par un trou dans la clôture et distinguent clairement l'existence qu'ils aimeraient mener, mais pour différentes raisons ils évitent d'ouvrir le portail et d'avancer vers cette vie nouvelle.

Au début, cela m'a fait beaucoup de peine. Mais comme disait Mike, et comme j'ai fini par le croire, ce choix, nous ne le faisons pas tous au même moment. Certains d'entre nous choisissent alors qu'ils sont enfants, d'autres plus tard, d'autres n'y parviennent jamais. On ne peut pas le provoquer, et nul ne peut choisir à votre place.

Pour moi, c'est l'idée *qu'on ne peut pas craindre de ne pas vivre quelque chose que l'on a déjà fait ou que l'on fait tous les jours* qui m'a aidé à franchir le portail. C'est devenu une de mes philosophies de vie.

Il ne se passe pas un jour sans que quelque chose me rappelle le Café. Je songe à Casey et à son histoire de tortue de mer verte chaque fois que j'ouvre ma boîte aux lettres, qui déborde de publicités et d'offres de services dont je n'ai nullement besoin. Cette vague déferlante est toujours présente, prête à saper mon temps et mon énergie. Mais je suis conscient de son existence à présent, et je garde ma force pour la vague qui repart vers la mer.

Je repense aussi souvent à l'histoire de Mike assis sur cette plage au Costa Rica. Quand on prend suffisamment de recul, notre stress, nos angoisses, nos victoires et nos échecs ont bien peu d'importance.

C'est pourtant en nous confrontant à notre apparente insignifiance que nous trouvons du sens à nos vies.

Mon seul regret quant aux changements que j'ai faits dans ma vie, c'est de ne pas les avoir faits plus tôt. Je crois que je n'étais pas prêt, avant cette nuit au café.

Aujourd'hui, j'ai accompli ma quête, je sais pourquoi je suis ici, et je vis en accord avec ma Raison d'Être. Je ne retournerai plus jamais de l'autre côté de la barrière.

MERCI D'AVOIR LU
LE CAFÉ DU BOUT
DU MONDE

Si vous organisez un évènement auquel vous souhaitez que John participe, consultez le site : **www.johnstrelecky.com**

GUIDE DE LECTURE

Le Café du bout du monde par John P. Strelecky

Éléments de discussion

1. Avant d'avoir lu *Le Café du bout du monde,* comment auriez-vous répondu aux trois questions sur le menu du café ? *Pourquoi êtes-vous ici ? Avez-vous peur de la mort ? Êtes-vous pleinement épanoui ?* Vos réponses seraient-elles les mêmes après avoir terminé ce livre ? Si non, pourquoi ?

2. Pensez-vous que le sentiment que Strelecky décrit d'être perdu dans la nuit « le long d'une route obscure et solitaire » (page 9) soit très répandu ? Quelles peuvent être les raisons de

cette sensation d'être égaré, et de ne pas savoir où aller ?

3. Avez-vous déjà vécu une expérience semblable à celle de John dans le Café ? Si oui, en quoi cette expérience a-t-elle modifié votre vie et celle de vos proches ?

4. Casey remarque que « ça aide, parfois, de voir les choses d'un autre point de vue » (page 36). Quels pourraient être les bénéfices d'un tel changement de perspective ? De quelle manière ce changement de point de vue vous a-t-il aidé, en quoi cela a-t-il changé votre vie ? Dans quelle mesure *Le Café du bout du monde* vous a-t-il aidé à voir les choses d'un nouveau point de vue ?

5. En référence à la question « Pourquoi êtes-vous ici ? », Casey dit à John : « Si vous modifiez ces termes de manière à vous poser la question à vous-même plutôt qu'à quelqu'un d'autre – vous ne serez plus jamais le même. » (page 39) Que pensez-vous qu'elle ait voulu dire par là ?

6. Quelle est l'importance de rechercher et de se confronter à de nouvelles idées et activités dans le processus de réalisation de sa Raison d'Être (RDE) ?

7. Casey dit à John que « nous sommes tous limités par l'état actuel de nos connaissances et de nos expériences » (page 61). De quelle manière et à quel point êtes-vous limité par l'état actuel de vos connaissances et de votre expérience ? Ces limites, nous les imposons-nous à nous-mêmes ? Jusqu'à quel point ?

8. À propos de l'histoire de tortue de mer verte de Casey et de la réaction qu'elle suscite chez John, quels sont les « éléments de la vague déferlante » qui prennent votre temps et votre énergie chaque jour ? (page 71) Comment pourriez-vous cesser de vous battre contre ces « vagues montantes » et conserver votre énergie pour profiter des « vagues descendantes » ?

9. Anne fait remarquer à John qu'« une partie de la réponse à votre question – à savoir la raison pour laquelle nous passons notre temps à nous préparer à faire ce qui nous plaît au lieu de le faire tout de suite – se trouve dans les messages dont nous sommes bombardés chaque jour » (page 83). Comment la télévision, les journaux, les magazines et Internet affectent-ils l'usage que nous faisons du temps dont nous disposons chaque jour ?

10. John s'interroge : « ma conception du succès, du bonheur et de l'épanouissement avait-elle

en partie été définie par d'autres que moi-même ? » (page 96-97). Comment répondriez-vous à cette question, si elle s'appliquait à vous-même ? Que mettriez-vous en œuvre pour changer les choses ?

11. À un moment, John demande à Casey : « Pourquoi attendre pour faire ce qui nous tente quand on peut le faire maintenant » (page 104). Comment répondriez-vous à cette question ?

12. Qu'ont en commun les gens de votre connaissance qui sont passionnés par ce qu'ils font ? S'agit-il des mêmes caractéristiques que celles que John décrit à Casey page 111 ?

13. En quoi informer les gens de ce qu'on est en train de faire afin de réaliser votre RDE (page 112) augmente-t-il vos chances de recevoir une aide et un soutien inattendus ?

14. John demande à Mike : « Pourquoi ne partons-nous pas tous à la recherche de notre Raison d'Être ? Qu'est-ce qui nous retient ? » (page 118). Comment Mike répond-il à la question ? Comment y répondriez-vous ?

15. Comment répondriez-vous à la question *Pourquoi suis-je ici ?* et comment définiriez-vous *votre* Raison d'Être ? Comment feriez-vous pour

identifier les activités qui vous permettraient d'accomplir votre RDE ?

16. Juste avant que John ne quitte le café, Casey lui tend un menu sur lequel elle a inscrit un message à son intention. Que pensez-vous qu'elle lui ait écrit ? (page 140). Qu'auriez-vous écrit à John si vous étiez Casey ?

17. Dans l'épilogue, John remarque que « quand on se retrouve face à deux possibilités, dont l'une est de vivre en accord avec sa Raison d'Être, et l'autre simplement de vivre, on pourrait croire que la décision est facile à prendre. C'est faux. » Pourquoi la décision est-elle si difficile à prendre, à votre avis ? Pourquoi pensez-vous que c'est « à cette étape que la plupart des gens abandonnent ? » (page 142).

À PROPOS DE L'AUTEUR

Après un évènement qui a bouleversé sa vie à l'âge de 33 ans, John a éprouvé le besoin de mettre par écrit l'histoire du *Café du bout du monde.* Il n'avait aucune expérience de l'écriture et encore moins de formation littéraire.

Moins d'un an après sa sortie, le bouche-à-oreille des lecteurs avait transporté son livre aux quatre coins du monde, inspirant de nombreuses personnes sur tous les continents et jusqu'en Antarctique. Le livre, devenu un best-seller, a été traduit en 41 langues et vendu à 3 millions d'exemplaires. Depuis, John a écrit d'autres livres, parmi lesquels *Retour au Café du bout du monde, Life Safari* et *The Big Five for Life.* Il a coécrit le livre *Comment être riche et heureux.*

À travers ses textes, et grâce à ses apparitions à la télévision et à la radio, les messages de John ont aidé des millions de personnes à vivre leur vie selon leurs propres termes. À l'instar d'Oprah Winfrey, de Wayne Dyer et de Deepak Chopra, il a été reconnu comme l'un des penseurs les plus inspirants dans le domaine du leadership et du développement personnel. Des honneurs qu'il reçoit avec autant d'étonnement que d'humilité.

Pour en savoir davantage sur John ou pour connaître ses disponibilités pour des interviews ou des conférences, visitez :

www.johnstrelecky.com

Cet ouvrage est composé de matériaux issus de forêts gérées durablement certifiées PEFC™.

Le Programme de reconnaissance des certifications forestières (PEFC™) est le plus grand organisme mondial indépendant de contrôle pour une gestion durable des forêts.

Pour en savoir plus, consultez le site *www.pefc-france.org*

PEFC™ PEFC/14-38-00277

Achevé d'imprimer en février 2023
Par Novoprint
Dépôt légal : mars 2023
Imprimé en Slovaquie